しっとりしたクラウスのくちびるは火傷
ほどに熱く、角度を変えて押し当てら
たびに逆らえない欲情を里央の身体の
こまで染み込ませていく。

最《さい》後《ご》の王《おう》と最《さい》愛《あい》オメガ

秀《しゅう》 香《か》穂《お》里《り》

ILLUSTRATION：小《こ》禄《ろく》

最後の王と最愛オメガ

LYNX ROMANCE

CONTENTS

最後の王と最愛オメガ

そばにおいで、私の可愛《かわい》い小鳥。

1

その絵に目が留まった瞬間、鼓動が大きく跳ねた。

まるで夏の終わりを告げるかのような爽やかな蒼《あお》の瞳。

澄んだ色はそのまま頭上に広がる空を映し込んだかのようで、卯月里央《うづきりお》の足を止めさせた。古びているけれども、黄金《こがね》色に輝くうねりのある髪や白の装束がなんとも気品がある。

空の色、あるいは湖面の色を思わせる瞳に釣られてふらふら近づくと、店主らしき男性がにこりと笑いかけてくる。

「いらっしゃい、よかったらどれもお値打ちだから見ていってよ」

八月の太陽が強く照りつける日曜日、公園には多くのひとが訪れている。広い敷地なのでピクニックを楽しんだり、家族連れやカップルたちがボール遊びやバドミントンをしたりして賑《にぎ》わう場所でもある。

春には敷地内に植えられた桜が見事な花を咲かせる公園でもあるので、地元民なら季節問わずよく通うところだ。

今日は夏のフリーマーケットが開催されていた。出展しているのは普通のひとびとがほとんどで、たまにショップが在庫一掃処分を行っている区画もある。皆、各家庭で不要になった家具やもらい物の食器、ちいさくなった子ども服にまだまだ着られる衣類、本、押し入れから引っ張り出したおもちゃなど品々は多種多様だ。

割り当てられたブースごとにきちんと品を並べている者もいれば、衣類をどっさりと山のように積んで「三枚どれでも五百円ですよー！」と声を張り上げている者もいる。

里央が足を止めたふたつ隣のブースでは清潔な子ども服を大量に売っていた。どうやら大家族らしく、三、四歳の子どもから中学生ぐらいの子どもたちが代わる代わる店番をして、道行くひとに「どうぞ見てって、お安いですよ」「やすいよー」と楽しげに声を上げていた。その声に微笑《ほほえ》みながらゆっくり歩いていたところ、視線の先で湖の瞳とぶつかったのだ。

近づくと、思っていた以上に古い。縦五十センチほどの額縁に入れられた油絵だ。埃《ほこり》は一応払ってあるが、色褪《あ》せもしているし、ところどころ絵の具が割れている。

だいぶ昔のものなのだろう。そこでは他にも銀食器や漆《うるし》塗りの茶碗《わん》、青磁の茶器などが置かれていた。物置や屋根裏にあった不要品を出してきたといった感じだろうか。

くすんだ金属製の額縁に入れられた肖像画に魅入られてブース前で膝をつくと、チェックの半袖シャツを着た三十代とおぼしき男性が親しげに笑みを向けてくる。

「なかなかの男前だろ？」

「そう、ですね……とても美しいひとです」

そんな言葉だけじゃ足りない。美麗、秀麗、高貴、いくつも言葉が浮かんでくるが、里央が惹《ひ》き付けられるのはそのやさしく輝く蒼い瞳と、微笑むくちびるだ。

位の高い人物だろうに厳《いか》めしくなく、威圧感を与えることもない、とても綺麗《きれい》な笑みだ。

絵は、山と積まれた本に無造作に立て掛けられていた。もともとは丁寧に描かれたのだろう。ゆるやかにうねる金の髪はわずかに肩にかかり、切れ長の目元に通った鼻筋がなんとも魅力的だ。肌は白に近い象牙《ぞうげ》色。どこかの貴族が残した肖像画だろうか。教科書や美術館で見るような堅苦しさを感じさせない、なんとも私的な一枚のように思える。

「あの、これも売り物ですか」

「ああ。結構いい男だが見てのとおりずいぶん古いしな。あまり手入れもしてなかったみたいだから、美術品としちゃ値段がつかなそうってんでフリマに出したんだ。俺のばあさんちの屋根裏部屋にあったんだよ。なんだっけかな……ばあさんのばあさんの、その前のばあさんから受け継いできたものだって聞いたことがあるな。美術館に飾られるような大層なものじゃなくて、趣味の範囲で描かれた絵だと思うよ。素人判断だけど」

「へえ……触らせていただいてもいいですか」

「どうぞどうぞ」

気さくに言う男に頭を下げ、額縁を手に取る。見れば見るほど古い品物だが、そんなことは気にならないほどに男性は穏やかに微笑している。

この絵を部屋に飾ったらどうだろう。里央のアパートは公園から五分ほど離れたところにある二階建ての１ＤＫだ。八畳ほどの洋室にダイニングキッチン。風呂、バスは別。家賃は五万円以下で、東《とう》京《きょう》下町にしては掘り出し物の物件だ。

十八歳で施設を出て以来ずっと暮らしている部屋だが、ベッドと本棚、テーブルにチェストがあるぐらいだ。いままで気分転換で花を飾ったことは何度かあるけれど、絵を掛けたことは一度もない。二十二歳の男性としては至って普通だろう。

この絵が欲しい。とても欲しい。

「おいくらですか？」

「そうだなぁ……まあ、たいした値打ちがあるものじゃないけど、肖像画だからね。一万円……」

言いかけて男性は里央のこざっぱりとした服装を眺める。勤め先のカフェが休みの今日、ぶらりと散歩しながら買い物に行こうと思っていたので、レモンイエローのボタンダウンシャツとジーンズという軽装だ。

「八千円、てとこでどうかな？　朝から何度かこの絵を手にしたひとはいるけど、みんな『古い』って戻しちゃってさ。俺も正直売り尽くしたいからサービスするよ」

八千円といったら、里央の約一週間分の食費にあたる。ひとり暮らしでささやかな生活を送っている身としては八千円も大金だ。

しかし、もしこの絵が古びていなかったらとても手が出る代物ではないだろう。複製画ならまたどこかで巡り会う可能性があるけれど、この絵は絶対にこの一枚かぎりだ。

絵に惚《ほ》れた、なんて経験したことがなかったけれど、どうしても欲しい。財布の中身をありったけ渡してでも手に入れたい。

——それに。それに、このひと。

確信めいた想いがあって、里央は斜めがけにしていたデイパックから財布を取り出していた。

「買います。八千円ですよね。いただきます」

「おっ、嬉《うれ》しいね。じゃ、おまけにこっちのティーカップもつけちゃおうかな」

男性は古びているが清潔に消毒された黄色の花柄模様のカップを手のひらに載せて見せてくれる。縁も取っ手も欠けておらず、まだまだ使えそうだ。カップの内側にもやさしい花が咲いているのがなんだか可愛い。

「これ、高価なものじゃないんですか？」

「いやいや、ほんとにおまけ。値打ちものではないね。質はいいから、まだ役に立つと思うよ」

店主は朗《ほが》らかに言って、そのふたつを茶色の紙袋に入れて手渡してくれた。

「その絵、額を変えたらもうちょい見栄えがすると思う。べつに高いものじゃなくていいからさ。確かこの公園からちょっと先に行ったところにアンティークショップができただろ？　あそこに持ち込めばなんとかしてくれるんじゃないかな」

そこなら、里央も二度、三度立ち寄っている。古いヨーロッパ製品を扱うこぢんまりとした店で、落ち着いた女性店主がもてなしてくれるのだ。

「そうしてみます。おまけまでいただいちゃってすみません。大切にしますね」

一万円札を渡して、おつりに二千円もらう。

こういうのは一期一会だ。いつもだったらただ眺めて、手頃な値段で売っている古着や本を買うのだが、絵は初めてだ。

誰かの手に渡って長く愛され、その役目を終えようとしたときに捨てるのではなく、まだ使えるようだったら次に欲しいひとを探す——そんな古いものたちが里央は好きだった。

新品もいいけれど、古着や古書は深い味わいがあって格別だ。

前の持ち主はどんなひとだったのだろうとか、どんな場所で、どんな気持ちでこの品を買ったのだろうかと想いを馳《は》せるのが楽しいのだ。

「どうもありがとう。俺、公園の真向かいで『わやわや』って居酒屋をやってるんだ。最近改装したばかりでさ、だから今回の不要品をフリマに出したわけ。よかったら今度店に遊びに来てよ。めちゃくちゃ綺麗になったから」

「はい、ぜひ。こちらこそありがとうございます。これ、大切にしますね」

丁寧に言って微笑み、里央は紙袋を片手に立ち上がる。

胸が弾む。さっきからずっと心臓がとくとくいっていた。

——この肖像画のひと、間違いなくアルファだ。

この世界に男性、女性というふたつの性に、アルファ、ベータ、オメガという第二性が加わったのはいつ頃だろう。里央が生まれたときにはすでに第二性は当たり前のものとなっていたし、学校でも保健の授業の際にはかならず触れる事項だ。

一度好奇心に駆られて小学校高学年の頃図書館で調べてみたところ、およそ三百年以上前から第二性は存在していたようだ。

数少ないアルファは高貴な家柄に生まれ、才能、容姿ともにずば抜けており、遥《はる》か昔から上流階級の中でもトップクラスに位置してきた。

各国の政治、経済を動かす者はほとんどがアルファの男女で占められており、彼らには独自のコミュニティがあると聞く。

次にベータ。ここに属する者が一番多く、平均的な能力と誰とでも打ち解けられる穏やかな性質を持ち合わせているため、世界はベータのおかげで均衡を保っていると言っても過言ではない。

そして、里央が属するオメガ。三つの中でもっとも希少価値が高く、陰のある美貌を持つうえに男女ともに子を成すことができる。

なぜ男性でも子宮を持てるのかという点もそうだが、オメガ最大の特徴は三か月ごとに訪れる発情期だ。ひとによって多少差はあるが、一週間程度続く発情期でオメガは独特の色香とフェロモンを放ち、ひとびとを虜《とりこ》にしてしまう。

その蠱惑《こわく》的な香りにはどんな理性も役に立たず、際だった美しさも相まってオメガが事件に巻き込まれることは昔からよくあった。

たいてい、性犯罪絡みだ。欲に目がくらんだ男たちがオメガを攫《さら》い、堂々と人身売買を行っていた時代もあれば、裕福なアルファがひそかに隔離して性奴隷にしていたなど枚挙に暇《いとま》がない。

温厚なベータも目の色を変えるオメガのフェロモンにあえなく屈してしまうのは、アルファだ。

この世界に生を受けたときからすべてに祝福されたような存在のアルファにとって、オメガのフェロモンは最大の弱点だった。

どんなに己を律しようとしても、濃密な香りを嗅いだらたちまち豹変《ひょうへん》し、紳士であっても獣同然に成り果ててオメガを襲うことしか考えられなくなる。

ベータ同士の婚姻ではベータの子が生まれるのだが、アルファ同士の婚姻でアルファが生まれるかと言ったらそうではない。なぜか、ベータの子が生まれる確率が高いのだ。

アルファの子を宿しやすいのはオメガだと認識され始めたあたりから、オメガ攫いはさらに激化したが、どの国でもさすがにこの事態はまずいと判断し、いつ頃からか、オメガを守り、苦難の道を歩むことなく不可思議な身体《からだ》を解明する医療機関や保護団体も結成された。

身を守るために陽の当たる場所には出ず、ひっそりと暮らすオメガに発情を抑える微弱なパルスが流れる首輪が開発され、それではまるで奴隷だろうという保護団体の強い反発に医療機関も奮闘《ふんとう》し、やがて効き目のいい抑制剤が誕生した。

十年、二十年といった歩みではオメガの存在意義はおおやけに認められなかっただろう。しかし、百年、二百年と時を重ねれば法も整備され、ひとびとの意識も変わっていく。

いつからかオメガへの偏見は非常に薄いものとなった。未《いま》だごく一部の保守派をのぞけば、オメガも普通の一個の人間として捉えられ、平凡な日常に身を置くことができるようになったのだ。

里央もそうだ。

この国では男女皆、十歳の誕生日を迎えた時点で医療機関で血液検査を受ける。心身ともに著しい成長を遂げる思春期に差し掛かってようやく、第二性が顕現《けんげん》するのだ。

アルファとベータに区分された子どもたちはそのまま家に帰れるが、オメガは違う。一年ほど親元から離れ、オメガ研究を日夜続ける施設へ入ることになり、そこで己の不可思議な身体の仕組み、そしてフェロモンの対処を学んでいく。

なぜ、オメガの男性に子宮があるのか、なぜフェロモンを発するのか。こればかりは最新の医学でも解明されておらず、いつしか、「オメガとはそういうもの」としてひとびとに認識されるようになった。

人目を惹く妖艶な美しさと誰しも正気ではいられなくなるフェロモンを発する男性が子どもを成せる——その事態が飲み込めなかった過去のひとびとは「悪魔の子」だの「病気の一種」だのと眉《まゆ》をひそめ、なんとかオメガを遠ざけたい一心だったらしい。

それでいて、ひとたびその姿を目にすると甘い香りに吸い寄せられて我知らず手を伸ばしてしまうのだから、オメガはつねに自衛する本能が備わってきた。

それでもずいぶんと暮らしやすくなったほうだ。

里央もまた、十歳になったときオメガだとわかったものの、それを誹《そし》るひとはひとりもいなかった。そもそも、親がいなかったのだ。五歳までの記憶にあるのは若く美しい母。いつも笑顔を絶やさず、幼児の里央を溺愛《できあい》し、どんなときでも励まし、慰め、愛してくれたオメガの母は若くして里央を産み、女手ひとつで育ててくれた。父の顔は知らない。名前も。

つましい暮らしをしていた母は昼はスーパー、夜はスナックの掛け持ちをし、懸命に働いていたが、無理がたたったのだろう。里央が可愛い盛りの頃に病で命を落とし、いまは施設の隣にある教会近くの墓で眠っている。

五歳まで母の愛情を一身に受けていた里央は、母の祖母がまだ存命していたのでそこに身を寄せることになった。ドイツ生まれで寡婦《かふ》の祖母は質素なひとり暮らしをしていたが、愛情だけはふんだんに里央に与えてくれた。

ひとり娘が先に逝ってしまった悲しみもあったのだろう。『里央の瞳はほんとうにお母さん譲りねえ』と焦げ茶の目を細めてよく頬《ほお》を撫《な》でてくれたものだ。

彼女は日本人の夫に先立たれていたものの、祖国には帰らず、ちいさな家に留まっていた。猫の額ほどの庭がついた家で、里央は祖母に懐き、学校から帰るとよくふたりで話し込んだ。

亡くなった母の思い出をあれこれと聞くのも楽しかったし、祖母が育てていた花の名前を教えてもらうのもおもしろかった。

彼女はドイツ語を忘れていなかったので、機会があると里央にも教えてくれた。簡単な挨拶《あいさつ》から始まって数のかぞえ方、あらゆる固有名詞。

幼かった里央はたちまちドイツ語も吸収し、拙《つたな》いが日常会話ぐらいはできるようになった。

そんなささやかなしあわせも十一歳のときに終わった。心臓の弱かった祖母は高齢だったこともあって、ある年の冬、風邪をこじらせてこの世を去ったのだ。

『里央のことはちゃんとお母さんと一緒に見守っているから。いつかあなたが大きくなって、運命の番《つがい》と出会えるように』

そう言って息を引き取った祖母の手を強く握り締め、里央は泣きじゃくった。愛したひとはいつでも先に逝ってしまう。あとを追いかけたいぐらいだった。

一緒に連れていってと。もう寂しくしないでと。

目を赤く腫らした里央の次の引き取り手は、児童施設だった。

親のいない子ども、家庭に複雑な事情がある子どもが集まる施設に民生委員の手によって預けられた里央は、十八歳になるまでそこで過ごした。

もしも誰かにひどく寂しい子ども時代だったか、と問われたら、「そんなことはないです」と首を横に振るだろう。施設の職員は皆やさしく、おおらかなひとたちばかりだった。

さまざまな事情があって親と離れた子どもたちが三十人ほどいた施設は、一年中賑やかだった。お正月にバレンタイン、ひな祭りにゴールデンウィーク、夏休みはキャンプをしたし、海や山にも遊びに行った。

七五三の行事も行われたし、ハロウィンパーティまであった。

なにより施設の子どもたちが楽しんだのはクリスマスだ。国の機関とはいえ施設だって予算があるから、いろいろと工面してくれたのだろう。

ちいさな子から十八歳になる子までひとりひとりが喜ぶようなプレゼントを用意してくれ、毎年十二月二十五日の朝は食堂に飾られたツリーに皆、駆け寄ったものだ。ちいさい子は年長の子のシャツの裾をぎゅっと摑《つか》んで。大きな子は年少の子の手をしっかり繋《つな》いで。

サンタクロースを信じている幼子も、御伽噺《おとぎばなし》の中の存在だとわかっている子も、この日だけは大はしゃぎした。

クリスマスシーズンがやってくると、祖母が毎年手編みの暖かなマフラーをプレゼントしてくれたことを思い出す。ちいさなツリーに飾りつけもしたし、ドイツ語で一緒に歌をうたったものだ。

——施設もいい場所だったな。お祖母《ばあ》ちゃんが亡くなったあとの僕を懸命に育ててくれた場所だ。

里央からしてみれば、施設がいわば第三の実家だ。

事実、十八歳になって独立する際、両親のいない里央にとっては施設が身元保証人となり、その後の進学や就職の後押しをしてくれた。

オメガへの理解は深まった現在だが、いまもってその身体には謎《なぞ》が多いので、医学界からも毎月補助金が出る。発情を抑える薬を出してもらうため、また定期的な検診もオメガにとっては必要なことなので、アルファやベータよりも病院に行く頻度《ひんど》が高いのだ。

大学へ進学した後、里央はカフェ勤務を始めた。

どこかの会社に就職しようかとも考えたのだが、もともとお茶を淹《い》れるのが好きだということもあって、アパートから二駅離れたところにある個人経営のカフェに採用してもらった。

ベータの明るい夫婦が経営する店には、仲のいい同僚もいる。テーブル席、カウンター席を合わせると二十人ほど入る店で、たまに貸し切りでパーティが開かれることもある柔軟な経営だ。

日曜の今日も店は開いているが、従業員もローテーションで月に二回ほどは週末の休みが取れる。今日がその日だった。朝九時頃に目を覚まし、トーストとチーズオムレツという簡単な食事を取りながら洗濯機を回し、さっと掃除をしてから公園にぶらぶら散歩に来たところ、この絵に出会ったのだ。

スーパーに寄るのも忘れて早々に家に戻り、里央は息を弾ませながら紙袋から絵を取り出す。ひとり掛けのテーブルに置くと、公園で見たときよりも大きく感じる。

「すごい……」

陽の当たる、そして大勢のひとびとが行き交う公園でもその強いオーラは感じていたけれど、こうしてひとりになって対峙《たいじ》してみるとますます惹き付けられる。

「いくつぐらいだろ……二十四、……二十六ぐらいかな」

肖像画の中の男性は華やかなクラバットを身に着け、瞳に合わせたかのような蒼い石で喉元あたりを彩っている。立ち襟の上衣は深い紫。金の刺繍《ししゅう》も細かに描かれていた。

バストアップの絵なので全身がどうなっているかわからないが、きっとすらりとしていながらも鍛えた体軀《たいく》なのだろう。広い肩がそれを物語っている。

やさしい目元に思わず触れたくなるのを堪《こら》え、額縁を丁寧にクロスで拭いて室内をうろうろした。どこに飾ろう。どこだったら一番目が合うだろうか。

1DKの狭い部屋だから絵を飾る場所もかぎられているが、熟考した末、シングルベッドの正面に置いたチェストの上に飾ることにした。彫りが古びて角が欠けている額縁も味わい深い。これを売ってくれた男は『新しいものに入れ替えたらどう？』と提案してくれたが、渋みを帯びた金色の額は男性としっくりはまっている。

これでいい。このままがいい。

絵自体はさほど重いものではなかったので、ひとまず壁に立て掛けることにした。

「うわ」

ベッドに座るとやや高い位置に飾られた絵が光り輝いて見える。

公園にあったときよりも、その笑みがやさしく感じられるのは気のせいだろうか。

まるで、『迎えてくれてありがとう』と言っているみたいだ。

「あなたの名前、なんて言うんでしょうね。国は？　生きていた時代は？　歳《とし》は？」

ひとりなのをいいことに絵に話しかけてしまう自分にくすりと笑う。

質素な部屋にたった一枚絵を飾るだけでこんなに華やぐなんて。

「……アルファ、ですよね……」

熱っぽい視線を肖像画は穏やかに受け止めてくれる。

こんなことを誰かに言ったら大笑いされそうだが、里央は肖像画の男性にひと目でこころを奪われていた。呼びかけてもなにも答えないというのがミステリアスで、芽生えたばかりの淡い想いをますます煽《あお》る。

「あなたが運命の番だったらいいのに」

運命の番。祖母も最後に口にしていたそれはアルファ側もオメガ側も切実に求めるパートナーだ。目と目が合ったら嘘《うそ》のように惹かれ合うアルファとオメガが存在するという。

フェロモンを放つオメガに欲情を覚えるだけではなく、こころそのものを掴まれるアルファがいるのだ。

そうして結ばれたふたりもいれば、アルファがオメガのうなじを噛《か》むことで契約を果たし、番になるという形もある。どちらの場合も、番になった時点でオメガのフェロモンはたったひとりのアルファだけに向けられることになり、いたずらに他人を惑わせることがなくなる。

まさしく物語のような関係性だが、ただひとつ大きな落とし穴がある。

契約の解除だ。オメガにとっては人生でひとりだけのアルファを愛することになるのだが、アルファは違う。彼らには選ぶ余地が残されているのだ。運命の番になったとしてもアルファの気まぐれで飽きてしまったとしたら、一方的に契約は解除される。

そしてアルファはまたべつのオメガと契約を結ぶことができる。しかしオメガはひとり取り残されてしまうのだ。こころにも、身体の隅々にまでも刻んだアルファを生涯想い続け、ただひたすらフェロモンを放ち続ける存在になり果てる。

そういったオメガが身を持ち崩し、陽の当たらない場所へと逃げてしまう話は施設でも聞かされていた。あるいは、暴走するフェロモンを抑えるために終身病院へと入ることもあり得るのだとか。

ひとを惹き付けてやまない美貌を持ち、男でも子を成すことができるという特異な体質に課せられた重責はなかなかのものだ。

だから、里央は幼い頃から慎重に慎重を期す性格で育ってきた。祖母からも、できるだけの自衛はするようにとよく言われていたものだ。

目と目が合ったら恋に落ちるという小説のような展開は望めないだろうけれども、うなじを守ることは自分でもできる。

不用意に急所を晒《さら》し、アルファの欲情を駆り立てぬようにつねに襟付きのシャツを着ているし、今日みたいに休日でも気を抜かない。

絵と向き合っていたら、空腹を感じてきた。それにシャワーも浴びたい。

冷蔵庫の余り物でチキンサラダを作り、風呂に湯を張る。初めて肖像画と一緒に眠る日だ。綺麗な身にしておきたい。

自分の思考に苦笑いしながら、里央は急いで食事を終えて風呂に飛び込み、頭のてっぺんから足の爪先まで綺麗に洗い流し、パジャマも洗濯したてのものにした。寝るにはまだ早いからテレビを静かにつけ、あちこちザッピングしながら冷えた缶ビールを呑《の》む。酒にはあまり強くないが、夏はやっぱりビールが呑みたくなる。

時間をかけてひと缶呑み終えて二十一時になる頃、深く息を吐いてベッドにもぐり込む。

窓際のカーテンを閉めていても、ナイトランプを点《つ》けていたから肖像画はほんのりと浮かび上がる。

「……おやすみなさい」

ゆるやかな眠りに引き込まれる直前、ぽつりと呟《つぶや》いて里央は瞼《まぶた》を閉じた。

肖像画は、変わることなく微笑んでいた。

2

夢を見た。

涼しい風が吹いていく。緑の濃い匂いもする。水が近い場所にいるのだろうか。風に乗って水が静かに打ち寄せる音がかすかに聞こえてきた。

目を細めれば、闇に包まれたあたりの景色が見えてくる。まったくの暗闇というほどではない。

どこからか灯《あか》りが届いているのかふんわりと照らされていて、濃い葉を豊かに茂らせた大木が植えられており、足元を見下ろすと緑が広がっている。

踏み慣れない感触に戸惑いながら一歩、踏み出してみた。さくりと葉を踏む音がやけに新鮮だ。澄んだ夜気が胸に心地好《い》い。

深呼吸をひとつ。大木に手を当て、ふと考える。ここは、どこだろう。ぐるりと見回せば、右横には月明かりに照らされた海――いや、湖だろうか。そして左隣には白の石造りの建物。そこから綺麗な光を弾《はじ》くような音が響いてくる。

普段耳にしない美しい音色に惹かれて近づいていくと、大木の向こうに湖面に張り出したバルコニーらしきものが見えてきた。

バルコニー、と考えてまた足が止まる。

そんなもの、近所にあっただろうか。行き慣れている公園にも噴水広場があるけれど、あそこはぐるりとベンチが置かれていて、バルコニーなんて洒落《しゃれ》たものはなかったように思う。

きっと、自分が知らない区画があったのだろう。すこし不思議に思いながらも音のするほうにさくさくと歩んでいく。足裏に伝わる土、そして草葉の感触がリアルだ。

バルコニーの全景が見えた。半円形のそこは穏やかに波を寄せる湖の近くに迫《せ》り出し、やさしい灯りで浮かび上がっている。その灯りが人工的なものではなく、ちらちらと揺れる炎だと気づき、ますます興味が湧く。

こんな仕掛け、公園にあったっけ。今夜はなにかのお祭り、イベントだっただろうか。

さっきから胸がとくとく鳴っている。いつもの公園に来ているに違いないのに、なぜか不確かな気もするのだ。

ここは、どこだろう。そんな思いが何度も胸に去来する。

バルコニーに目を凝らすと、人影があった。そのそばには大きな楽器のようなものも。あれから、涼やかな銀を思わせる音が弾かれているのだ。

鼓膜に染み込む音色と炎に惹かれて歩を進めると、不意に人影がゆらりと動く。

「誰だい？」

「あ……」

こちらから声をかけてみようと思ったのに、気づかれてしまった。

だけど、その声音が闖入《ちんにゅう》者の里央を咎《とが》めるのではなく、訝《いぶか》しく思うのでもなく、ただただ不思議そうだったことにほっとする。

「出ておいで。そこは足元が暗くて危ないから」

やわらかな声がする。

そして灯りがこちらへと差し向けられた。揺らめいていたのは、蠟燭《ろうそく》の炎だったようだ。燭台《しょくだい》を手にした男が立ち上がり、「おいで」と再び言う。静かな声だ。

夜更けということもあって周囲を気遣っているのか、それとも里央を怪しんでいるのか。いや、そうだとしたらわざわざ請《しょう》じ入れないだろう。

誘われるままに里央はふらふらと木陰を離れ、男のいるバルコニーへと近づいていった。水の音がとても近い。すぐそばが湖面なのだろう。

そろそろと歩み寄っていけば、燭台が足元を照らしてくれた。

「脇に階段があるから、上っておいで」

「……はい」

バルコニーの端には石造りの階段があった。五段ほどのそれを踏み締めて上がると、左手に燭台を掲げた男が首を傾《かし》げてにこりと笑う。

「どうしたのかな。夜道に迷って入り込んだかな？」

懐かしい響きのする言葉に祖母を思い出す。彼女とよく交わしていたドイツ語だ。

里央自身はまだ一度も彼の地を訪れておらず、話を聞くたびいつか行ってみたいと願っていた。それが夢で叶《かな》えられたということだろうか。

炎が彼の顔を浮かび上がらせた途端、あ、と息を呑んだ。

彼だ——絵の中の、彼だ。

肖像画に描かれているよりももっと鮮明で、金のうねりのある髪は輝き、アイスブルーの瞳は強い星を閉じ込めたように瞬いている。

なによりも里央を惹き付けたのは、そのやさしい笑みを浮かべた口元だ。

「……夢？」

「うん？」

眠る寸前まで肖像画に見入るあまり、彼が夢の中に出てきてくれたのだろうか。

掠《かす》れた里央の声を拾い、彼はおもしろそうに笑っている。

そばには、立派なハープが置かれていた。優美なカーブを描いた竪琴《たてごと》は彼の胸元ぐらいの大きさを誇り、よく使い込まれているのだろう。艶《つや》のある焦げ茶の土台に幾本もの弦がぴんと張られている。

「あの……これを弾《ひ》かれていたんですか」

拙い自分のドイツ語が伝わるだろうかと案じたが、彼は微笑んで頷《うなず》く。

「ああ、そうだよ。私の趣味でね。眠れない晩はよくこうして弾いている。君もこの音に釣られて来たのかな」

「いえ、あの、ええと……」

温かみのある、それでいて洗練された声音が耳に残る。

よくできた夢だ。

絵よりもずっと穏やかな男を目の当たりにして、里央は言葉を失ってしまう。

贅沢《ぜいたく》に襞《ひだ》のついた白いシャツはたぶん極上のシルクだろう。長身で、彼の細身に見えても強靭《きょうじん》な身体にしっとりと纏《まと》いつき、黒の下衣を穿《は》いた足は驚くほど長い。バランスのいい体軀だ。腰の位置が高いせいもあって、里央より頭ひとつ以上の背丈だ。

「君の名前は？」

「――里央、です」

「リオ……」

人差し指の節をくちびるに当て、彼は瞼を伏せたあとちいさく笑う。

「可愛らしい名だ。真夜中の出会いだね」

「あなたのお名前も、ぜひ教えてください」

肖像画の男性はなんと呼ばれていたのだろう。こうしてその端整な美貌を目の当たりにすると、夢だ、やっぱり夢なんだと強く思う。

けれど、夢というのはここまで鮮明なのだろうか。そして自分もまた、あれこれと好奇心を持ったり、きちんとした意思を持って問いかけたりすることができるものだろうか。

「私の名はクラウスだ」

「素敵なお名前です。あなたにぴったりです」

クラウス、クラウス、と何度も口の中で呟く。

強さと美しさを併せ持つ男の品に華を添えるような素晴らしい名だ。

「ここにお座り。道に迷っていたのかい？」

「え、いえ……あの、はい、ありがとうございます」

迷っていたわけではないのだが、ふと気づいたらこんなところにいた。見覚えのない場所に。

クラウスの背後に目をやるとふわりと白い壁が切り立っている。そのまま目線を上げれば相当大きな建物のようだ。

「ここ……博物館か美術館ですか」

「いや？」

クラウスが笑って、二脚あった椅子《いす》を勧めてくれる。そこにおずおずと腰を下ろし、ちいさなテーブルに置いた燭台の灯りを頼りにして彼と向き合う。こうして見るとほんとうに美しい男だ。

真ん中で分けた前髪はさらりとしていて横に流れ、綺麗な額があらわになっている。

意志の強そうな眉に反して瞳は落ち着いていて、炎を反射して輝いている。作り物みたいな鼻筋、そして楽しげなくちびる。肌は陶磁器のようになめらかで、頬をかすめる金の髪を引き立てている。

「ここは……あなたのおうちですか」

「そうだよ。家というにはいささか広いが。リオはどこから来たのかな。町から？」

「町……」

どこから来たのだろう。

確かに下町に住んでいるのでそうだとも言えるが、歩いてこられる場所にこんな立派な家があっただろうか。

背後を振り仰げば闇に溶け込む建物はてっぺんが見えず、堂々としている。図書館でも、博物館でもない、家。そんなところ、近所にはなかったように思う。

——夢なんだから知らない場所にいても不思議じゃない。

そう思い込んだらなぜか度胸がついた。

「日本という国の出身です。東京に住んでいます」

「ニホン……トウキョウ……」

彼が話す言語からここがドイツ——もしくは近隣の国であっても、日本ぐらい知っているだろうと思ったのだが、クラウスは考え込んでいる。

「——遠い国から来たんだね」

「はい、とても遠くから」

彼なりに受け止めてくれたことにほっとしていると、クラウスはテーブルに置いていたワイングラスを差し出す。

「先ほどまで私が呑んでいたものだが、すこし呑んでみないかい？　軽めの味で君も落ち着くと思う」

グラスを渡され、はい、と頷いた。

出会ったばかりの男から渡されたグラスに口をつけることにさほどためらいはなかった。

なにかおかしな薬でも混ぜ込まれていたらという考えがなかったわけでもないが、彼が呑んでいたというなら問題はないだろう。

ありがたくワインをひと口呑むと、軽い渋みと芳醇《ほうじゅん》な香りでこわばった意識がほろりと解ける。

「……美味《おい》しいです」

「私の国の名産なんだ。リオの口に合ったようだね。こんな夜中に君は散歩だったのかい？　でも私もひとのことは言えないね。ワインを呑みながらハープをつま弾いていたんだから」

「綺麗な音でした。よく弾かれるんですか？」

「そうだね、たまに。昔はよく弾いていたんだが、いまはほんの息抜きかな」

苦笑いするクラウスは蠟燭の炎越しに里央をまじまじと見つめる。

「間違っていたらいけないんだが、リオは――オメガだろうか。とても甘い香りがする」

「……はい、そうです。あなたは――クラウス様は、アルファでしょう？」

なんとなくこの男を呼び捨てすることはできず、クラウス様と言うと彼は微笑んで頷く。

「ああ、アルファだ。よくわかったね」

「だって、あなたほどの品格のある方にはお会いしたことがありません。絵の中でしか」

「絵？」

「僕、肖像画を買ったんです。そこに描かれている男性があなたそっくりで……ひと目で見惚れてしまって……どうにか会えないかなって願いながら眠ったんです。そうしたらここにいて」

もうしばらく覚めないでほしい。

そう小声で呟くとクラウスは目を瞠《みは》り、伸ばしてきた指でするりと里央の頬を撫でる。

「君にとってはこれが夢かい」

「そうです。……そうですよね？」

言っているうちからあやふやになっていくのはどうしてなのだろう。ワインのせいだろうか。足元が覚束《おぼつか》なくて、身体もふわふわする。たったひと口ふた口呑んだだけなのに。

「私にとってはこれが現実なのだが」

「そうなんですか。クラウス様にとっては現実……僕の夢もよくできてますね。こうしてひと目惚れした方とじかにお話できるなんて」

ぼうっとのぼせた意識でそう言うと、クラウスはくすくすと笑う。

「リオはお酒に弱いみたいだね。夢かうつつか判断がつかないみたいだ。それに、私にひと目惚れしたのかい？」

「あ」

いい気分でつい余計なことを言ったようだ。でも、構わないではないか。絵の中の人物に惚れたのだと明かしても。

「初めてこういう気持ちになったんです。絵を見たときから目が離せなくて、胸が高鳴って……うまく言えないんですけど……虜になりました」

「君は」

クラウスは目尻をやわらかに解《ほど》けさせてから、手を伸ばして里央の髪をくしゃりと撫でる。

「突然現れて可愛いことを言う。私などのどこに惚れたんだい？　顔かな。女性たちからはよく褒めそやされるが、自分ではどうもそこまでのものとは思えなくてね」

「目が、好きです。その蒼い目が」

いまここに陽が射していたら目の前に広がる湖面は光を弾いて煌《きら》めいていただろう。

空と溶けるように。それを吸い込むかのようなクラウスの瞳に魅入られたのだと正直に打ち明ければ、彼はちょっと驚いたように目を瞠り、ついで里央の頰を人差し指でくすぐる。

「君だってとても綺麗な黒の目をしている。まるで夜を閉じ込めたみたいだ。きらきらした星がその奥で瞬いているよ。私の国で漆黒の瞳は見たことがないんだ。あてどもなく旅を続けてここに辿《たど》り着いたのかい？　それにしてはよく国境を越えられたものだ。隣の国は険しい山々が切り立っているのに、君はとても軽い服装をしている」

指摘されて、あ、と気づいた。パジャマ代わりのTシャツとハーフパンツという格好なのだ。確かにこの服装で木陰から姿を現したら誰でも驚くだろう。

夜更けとはいえ、クラウスのほうはフリルシャツと下衣というきちんとした装いだ。袖はまくり上げていて、のぞく二の腕がすらりと逞《たくま》しい。彼と比べたらかなりラフなスタイルであることが唐突に恥ずかしくなってくる。

頬を熱くし、里央ははにかみながらもぞもぞと身動《みじろ》ぎ、ワインを啜《すす》る。

素敵な夢なのだから、もっと知りたい。もっといろんなことを聞いてみたい。

「私の国、と仰《おっしゃ》いましたね。なんという国なんですか」

「……ほんとうに遠い国から来たんだね。私の国は」

言いかけて、クラウスは暗い湖面に目をやる。しばしの沈黙が訪れ、風がふたりの髪をなぶる音だけが聞こえる。

クラウスはすこしためらうように話し出した。

「オーエリンという。強大な二国に挟まれた、湖と緑と葡萄《ぶどう》だけが頼りの国だ。ここからはいささか離れているがドイツという大国もある。その国の言葉が広く伝わっているので、我が国でもオーエリン語の他にドイツ語を話せる者が多いんだよ」

ひとつ息を吐いてクラウスは続けた。

「しかし、問題はドイツではない。私の国は昔から両隣の国の橋渡し役を担っていてね、どちらとも友好的にやりたいのだが、ここ最近ではなかなか難しい。ひとつはアルド、もうひとつはシュナイダル国。両方とも軍事に長《た》けていて領土も広い。アルドは海に面した国で他国との貿易も盛んだし、シユナイダルは峻険《しゅんけん》な山を抱きながらも優れた軍人を輩出してきた。そのふたつが、いま我が国の領土を争って揉《も》めているんだよ」

苦く笑うクラウスがグラスを揺らし、目を眇《すが》めた。ぽつり、ぽつりと次の言葉を探している。

「私は王になってまだ二年という若輩者だ。先代の父君はオーエリンの民にも武力を持たせようとして奔走し、他国からも傭兵を雇い入れた。ドイツからもね。この国はどこの国にも居場所を見つけられない者の器としても名を馳せている。それは、とてもいいことなんだがね」

ただならぬ気品を漂わせていると思ったら、王だとは。

しかもまだ二十代半ばだと見受けられる。

たぶん、自分とそう違わないのではないか。しかし、幼い頃から徹底した帝王教育を受けてきたのだろう。明瞭な声だし、よどみない。若くはあるが、王としての風格は十二分に感じられる。

――行く当てのないひとびとを受け入れる国。

それを聞いてなんだかひどく安堵《あんど》する。素直に、いい国だと思ったのだ。

生まれ育った国に理由あって居づらくなるひともいるだろう。一度きりの人生として外に飛び出したいと願うひともいるだろう。そういうひとにとって、この国は、クラウスは、鷹揚《おうよう》に受け止めてくれる。そんな気がした。

「こんなこと僕が言うのもおこがましいですが、立派な志《こころざし》です。移民を受け入れるってそう簡単にはできないことだと思うから」

夜も深い。くだけた口調も多少は許されるだろう。

「らしいね。アルドもシュナイダルの王もそう言う。生粋のアルド人、シュナイダル人でなければ国の地が汚れると。しかし、ほんとうにそうかな。ひとの血は誰でも同じ色なのに」

そこでひとつ息を吐き、クラウスはゆるく髪をかき上げる。

「……ひとはひととしてこの世に生を受けたとき、どこに住んでも、誰と愛し合っても自由でいられる。それを止めることは誰にもできない。そう私は思うのだが、ただの理想だろうか。リオはどうかな？」

若き王の熱っぽい視線に、こくりと頷く。

「理想なんかじゃないです。誰だってそう願っているはずです。いつ、どんな時代に、どんな性で生まれても、どこにだって行けるし、誰を愛するのかも自由にできるはずです。たとえば、僕が肖像画のあなたに恋したように」

現実だったらけっして言えない台詞《せりふ》だ。思いきって告白できるのも夢ならではだ。

その勇気を、ある種軽はずみとも言える行為を里央は楽しく感じていた。

クラウスは嫌な顔ひとつせず、やさしく笑って里央の手を握ってきた。

「私の話を笑わずに聞いてくれたのは君が初めてだよ、リオ。これは君にとってほんとうに夢？」

「夢――です。そうです。だって絵の中のあなたとこうして話してるんだし」

意識がありながらも話ができる夢がある。眠っている間、脳は記憶を整理し、覚えておきたいもの、忘れていいものをえり分ける。

その中で、クラウスの肖像画は里央の記憶にとってどうしても覚えておきたいものと認識されたのだろう。

クラウスの甘く低い声をいつまでも聞いていたい。囁《ささや》きを鼓膜にもっと染み込ませて。

「君もこの国に住めばいい。たとえ夢の中でも」

長い指が頬を引っかいていく。上から下につうっと落ちていく感触にぞくりとし、彼と視線を合わせた。

音もせず燃え続ける炎を閉じ込めた蒼い瞳に射竦《すく》められて、身体の中の芯が灯《とも》る。

これは夢。ひと晩のまぼろし。だからこそずっと見ていたい。目を覚ましたくない。

「いいんですか？　僕みたいなのがあなたの国にお邪魔して。なにもできないし、お役に立ちません。傭兵なんてできないし」

「それでもいい。なぜだろうな。君があの木陰から姿を現したときから目が離せなかった。その澄んだ声を聞いたらより惹かれる。こうして夜に囁き合うのもいいが、君の声で眩《まぶ》しい朝を呼んでくれたらとても気持ちいいだろうね」

すうっとくちびるに指が当てられ、ラインをなぞっていく。

くちびるに引っかかった指にわずかに力がこもり、口を開かされる。

顔を寄せてくるクラウスの長い睫毛《まつげ》がゆっくりと瞬くのを見ていたら落ち着かなくなってしまう。

その仕草ひとつすら、色めいて見える。

ほんとうに——どうしてこんなにも美しいのか。

「このくちびるから『おはよう』と聞いてみたいね。せっかく君は夢を見ているんだ。朝までいてくれないかな」

「それは……」

夢は、コントロールできるものなのだろうか。

里央はたまに不思議に思う。夢の中で懐かしいひとと言葉を交わしたり、身体を寄り添わせたりすることは可能だけれど、熱を感じたことはまだ一度もない。

食事をしたという夢も見たことがない。食べようとする寸前で惜しくも目が覚めるのだ。

だけど、くちびるに感じる熱は本物だ。夢、と断言するのが怖いほどに。

無意識に里央もおずおずと手を伸ばし、彼の頬にかかる髪に触れてみた。絹のような極上の触り心地で、つうっと指の合間をすり抜けていく。

「……陛下、陛下。どちらにいらっしゃいますか」

あたりを窺《うかが》うようなひっそりとした声に、クラウスの指が離れていく。

それをたまらなく寂しく思いながら、里央も身体を離そうとした。

すると彼のほうがすこしだけかがみ、里央の頬にくちびるを軽く押し当ててくる。

ほんの一瞬宿った熱。

「陛下……？」

足音が近づいてくる。

声を上げる間もなく去っていった温《ぬく》もりを逃すまいと頬を押さえ、瞬《まばた》きを繰り返す。クラウスが首を傾げ、微笑んでいた。

「待っていて、私の小鳥。すぐに戻ってくるから」

彼の傍らに置かれた竪琴を鳴らしたらこんな声だろうか。

はい、待っています。

いつまでもここで待っています。

クラウスが背中を見せて室内に消えていった。

うっとりするような感覚だけを胸に残し、視界はすこしずつ暗くなっていく。

3

はっと目が覚め、飛び起きた。

一瞬自分がどこにいるのかわからなくておろおろとあたりを見回す。

「クラウス、様」

取り囲んでいるのは、いつもの壁、いつものベッド、いつもの部屋。

そして、正面にはあの肖像画。夢の中で出会ったクラウスが静かに微笑んでいる。

思いつきで右の頰をつねってみると、当たり前だが痛い。それでも信じられなくて今度は左の頰を力一杯つねった。

「いった……」

じんじんする頰を押さえて呻《うめ》き、里央は絵と向き合う。あんなにもやさしく見つめられ、言葉を交わし、触れ合ったりもしたのに。

当の本人は額縁の中に収まっている。

狐《きつね》に化かされた気分で、そっと絵に触れてみた。筆の感触がざらりとして、乾いている。額縁の横、裏をのぞいて見てもなにもない。

ただの絵。一枚の絵。

「……喋《しゃべ》ったのに」

やけにリアルな夢だった。いまでも瞼を閉じればクラウスの声が聞こえてきそうだ。頬にだって、くちびるの感触が残っている。

信じられない思いで肖像画を眺めていたが、枕元に置いていたスマートフォンが鳴り出したことでびくりと身体を震わせた。

朝の七時。

いつもの起床時間だ。慌ててスヌーズ機能を止め、未練を残しつつもベッドから下りる。

熱いシャワーを頭から浴びればすこしはすっきりするかもしれないと思ったのだが、湯に打たれる間もクラウスのことばかり考えていた。

クラウス——オーエリンという名の国。それに、強大な隣国たち。

なんという名だったか記憶の底を探るが、そのへんになるとどうも曖昧《あいまい》だ。

となると、やはり夢だったという結論に行き当たる。

肖像画になったということは、かつていつかの時代を生きたひとだったのだろう。

あのひとも、こうして熱い湯を浴びたことがあっただろうか。飛沫《しぶき》を顔に受けて目を覚まそうとしただろうか。

胸はクラウスのことで占められていたけれども、現金なことに空腹を覚えて顔を赤らめ、バスルームを出た。

今日はカフェに出勤する日。手早く目玉焼きにベーコンを添え、合間に焼いていたトーストとミルク、トマトサラダという簡単な朝食だ。

それと、昨日おまけでもらったティーカップを使って丁寧に紅茶を淹れ、ゆっくりと飲んだ。長いこと大切に使い込まれてきたのだろう。カップは手のひらにしっくりと馴染《なじ》む。新品だと味わえない、やわらかな手触りだ。

部屋を出る寸前、もう一度肖像画を見る。どこにも変化はない。昨日買ったまま、額縁も古ぼけたまま。


モーニングの客を送り出したあと、次はランチタイムに備えて準備する。本日のメニューは煮込みハンバーグ、白身魚のフライという二品だ。

オーナーであるベータの夫婦が仕込みに入ったのを確かめ、里央はシンクに溜《た》まったグラスやカップを手際よく洗っていく。店内は朝の喧噪《けんそう》を抜け、ひとりだけ客がのんびりとコーヒーを啜っていた。

「里央、こっちもお願いしていいか？」

「あ、うん、どうぞ。入れちゃって」

いましがた帰った客が食べ終えたモーニングセットの皿を持った同僚の仁科芳明《にしなよしあき》に笑顔で頷き、泡だらけの手でシンクを指す。

仁科が隣に立ち、里央の洗った食器をどんどん拭いていく。

二十三歳になる仁科は里央よりずっと前、高校時代からここでバイトをし、いまでは正社員だ。歳が近いのと同じオメガということもあって最初から打ち解け、シフトが合う日は気さくに話す間柄だ。

「今日の里央、ちょっとそわそわしてるな。なんかあった？」

「なんかって……」

接客業だからか、仁科はひとの機微に聡《さと》い。皿を拭く手を止めず小声で聞いてくる彼に、じつはね、と切り出した。

「昨日、絵を買ったんだ。公園でフリマをやっていて、そこで。古い肖像画」

「里央、アンティーク好きだもんな。いままでにも古着や古書を買ったって話してたし。でも、絵は初めてじゃないか」

「そう。美術館で絵を見ることはときどきあるけど、手元に置いておきたいって気持ちはあまりなかった。でも……初めて欲しくなったんだよ。だいぶ昔の男性が描かれてるんだけど、すごく魅力的で……とくに目が」

「声が上擦ってる。ますます気になるよ。それで？」

「仁科君、『わやわや』って居酒屋知ってる？」

「知ってる知ってる。公園前にある店だろ。鳥のつくねがめっちゃ美味しい。大原《おおはら》さんともよく食べに行くんだ」

大原慎一《しんいち》とは、仁科の恋人で運命の番だ。
アルファの大原はミステリ作家として名を馳せ、ふたりはこの近くのマンションで仲よく暮らしているということを里央も知っている。

生真面目で凛々《りり》しい容姿を引き立てるフレームレスの眼鏡をかけた大原と、人懐こくいつも笑みを浮かべている仁科は似合いのふたりだ。里央から見ても、いいカップルだなと思う。

大原は仕事の気晴らしにこの店にも足を運び、いまなにを書いているとか、どんなニュースに興味があるのかとか気さくに話してくれるひとだ。

「その『わやわや』のご主人が売ってくれた絵なんだよ。おまけにティーカップももらっちゃった。黄色でとても可愛いんだ。絵は早速ベッドの正面のチェストに飾った。なんていうか……こう、口にすると恥ずかしいんだけど……」

カップを水にくぐらせている手を止め、里央は熱くなる頬を押さえたい衝動に駆られる。

「……王子様みたいなひとだなって、思った」

「え、気になるじゃん。その絵俺も見たい」

「今度見に来て。ていうか、気になるのはそのあとの話なんだよ。昨日、その絵を飾って眠ったら、夢を見たんだ。そのひとが出てくる夢」

そこでクラウスとの出会い、オーエリンという国があった話をかいつまんで聞かせた。端々が薄ぼんやりしているのは仕方がない、夢だからだ。

　けれど、仁科は大層興味を持ったようだ。

「クラウスはアルファなのかな。何百年も前の？」

「そうだと思う。オーエリンの王だと言ってた」

「夢だとしても不思議な話だね。ちゃんと会話が通じてるし、感触も残ってる。なんだか御伽噺みたいだ。慎一さんがおもしろがりそう」

「……話してみる？」

「里央がよければ。その前に俺が君の家に行って絵を見てもいい？　いま慎一さん、締め切り間際で追い込み中なんだ。今日はお互いに早上がりだろ。一緒に絵を確かめて、それから慎一さんに報告してみないか」

「そう、だね。そのほうがいいかもしれない。単なる絵だとわかってるけど、やっぱり腑に落ちなくて」

　話はまとまり、店を上がったあと仁科を部屋に招くことにした。

　並んで歩くと仁科のほうが頭ひとつ高い。同じオメガでも身体つきは大きく違う。

　仁科は逞しい体軀で精悍《せいかん》な顔立ちをしており、堂々とした態度からも一見するとアルファのようだ。対して恋人の大原は線が細くいくらか神経質そうで、研ぎ澄まされた美貌の持ち主だ。

　小説家という生業《なりわい》からもすこし陰ったところがあり、ふたりが並んだらオメガとアルファを間違えそうなのだが、そこが逆にしっくりはまっている恋人同士だ。

「どうぞ、入って。いま麦茶を出すね」

アパートの一室に仁科を招き入れ、クッションを勧める。

キッチンの椅子に座ってもらってもよかったのだけど、あいにく一脚しかないし、ベッド沿いに置いてあるクッションに座ってもらったほうが肖像画を見やすい。

冷蔵庫から麦茶のポットを取り出してグラスに注ぎ、仁科に手渡した。

彼の目は肖像画に釘《くぎ》付けだ。

「へえ……こんなに綺麗なひとがいたのか。確かに古そうだ。近づいて見てもいい？」

ベッドに乗り出し、仁科はチェストの上の肖像画を食い入るように見つめている。

「俺も絵にはまったく詳しくないから迂闊《うかつ》なことは言えないけど……だいぶ古いな。絵の具が割れてるし、補修が必要そうだ。これ、誰が描いたんだろう。『わやわや』のマスターに聞いた？」

「聞いてない。おばあさんのおばあさんの、そのまたおばあさんから受け継いだって言ってたかな。他になにか気になることある？」

「裏ってどうなってるんだろう。見たことある？」

「裏？　絵の裏？」

「そう。油彩はだいたい裏打ちされてる。見たところ表にはサインもなにも入ってないから裏側になにかないかなって……一度外してみようか」

「わかった」

チェストから慎重に額縁を取り上げ、ベッドに置く。

ふたりで絵を裏返してみた。古びた板で固定されており、無理にこじ開けることはできなそうだ。

「そこらで売ってる額縁だと、プラスティックの留め金で簡単に開けられるんだけどね。この絵はさすがにそうじゃないみたいだ」

「アンティークショップに持ち込んだら開けてもらえるかな」

「可能性はある。裏板を外したらなにか発見があるかも。……あ」

仁科が裏側になった絵に覆い被《かぶ》さり、左隅を指す。

「ここ、なにか描かれてる。なんだろ……サイン？」

彼の言うとおり、そこにはひどく掠れた文字のようなものが描かれていた。だけど、読めない。

「アルファベット……英語かな」

「ちょっと違うみたいだぞ。フランス語か……ドイツ語っぽいかな」

文字がこれ以上掠れないように指で触ることはせず、ただただ注視する。

「最初は……Kかな？」

里央の呟きに仁科が頷く。

「だね。次はうーん……Lか」

「クラウスのことかな」

「ドイツ語だと、たぶんKLAUS……となるからそうかもしれないな」

Lのあとは薄れていて読めない。

夢は自身の記憶の集まりで、脳が勝手に作り上げたストーリーだ。だから、そのときの精神状態に左右される。あの日の里央は肖像画の彼を想って眠りについた。そのため彼が夢に現れ、あたかも現実のように言葉を交わせた。すべては里央の願望が作り上げた虚像のはずだ。それなのに、まさか夢の中で聞かされた名前がほんとうに肖像画の彼の名だったとは……。

「もしかして、オーエリンって昔ドイツのあたりにあった実際の国なのかな。僕、歴史に詳しくなくてよくわからないんだけど」

「俺も。でも慎一さんなら知ってると思うよ。今度聞いておく」

「ありがとう、助かる。とりあえずはアンティークショップに持っていくのが先だね」

「だな」

夢での会話がにわかに現実味を帯びてきて鼓動が逸《はや》る。

帰って慎一さんに夕食を作らなきゃと言う仁科を送り出し、里央もバスタブを掃除し、食事の準備に取りかかろうとして、冷蔵庫にまともな食材がないことを思い出して財布だけ持って外に出た。

近所のスーパーで黄色の籠を持ち、今夜はなににしようかなと考える。

クラウスは、いつもなにを食べるのだろう。

国王なのだからそれはもう豪華な晩餐《ばんさん》のはずだ。彼の顔を思い出しながら、奮発して牛肉のフィレとトマトを買い求めることにした。それと丸パンも。

せっかく昨日、偶然でも夢で会えたのだ。もしかしたら、今夜も。いやそんなうまい話があるはずない。ふた晩も続けて肖像画の男と出会えたら偶然を通り越して奇跡だ。

それでも美味しい料理が食べたい。フィレなんてめったに買わないから緊張してしまう。

早々に家に戻り、サラダとインスタントのコーンスープを用意し、パンをトースターで温めている間、フライパンを熱する。

肉を落とすと、じゅうっという音とともになんともいい香りがする。焼き加減はレア。せっかく上質の肉を買ったのだから好みの味で食べたい。

「できたっ、と」

皿に盛りつけ、サラダをあしらう。つましい生活だが、たまにはこんな贅沢もいいものだ。

キッチンのテーブルに腰掛け、「いただきます」と手を合わせてフォークとナイフを握る。

「ん……美味しい」

ひと口頬張れば、ちょうどよく焼けた肉が蕩《とろ》けそうだ。ひとりにこにこしながらパンをちぎり、ちらちらと肖像画に目をやる。

こころなしか、その輪郭が昨日よりもくっきりしているのは気のせいだろうか。ブルーの目の輝きも増している——気がする。

そう感じたら途端に上の空になってしまい、ほとんど絵を見ながら皿を空にした。

あと片づけもそこそこに風呂に入り、すこしのぼせた意識でパジャマを着て肖像画の前に陣取る。

目線よりもやや高い場所に掲げたクラウスは今夜もやさしく微笑んでいた。

見る者を惹き付けてやまない愛《いと》おしそうな微笑に瞬きもせず、膝立ちになって絵の表面に触れる。

乾いた絵の具のかさかさした感触。指がキャンバスを突き抜けることなんかあるはずもなく、昨日のあれはやはりリアルな夢だったのだと自分に言い聞かせる。

夢――そう、夢じゃなかったらなんだと言うのだ。

深層意識に眠っていた願望が形になっただけのことだ。

こんなアルファと出会えていたら。クラウスのように素晴らしい男性に愛されたら。

どうか、どうかもう一度だけ、まぼろしでも構わない。

どうかもう一度だけあの夢が見たい。無意識のうちに肖像画の前で手を組み合わせ、祈るような仕草をしていた。

クラウスは瞬きもせずに里央を見下ろしている。

どうかもう一度だけ。

ベッドにもぐり込む寸前、蒼い瞳と視線を強く絡め合わせた。

4

とてもふわふわしていた。目を覚ましたくない。ずっとこのままでいたい。

ごろりと寝返りを打ち、やわらかな枕に顔を押しつけて低く呻いた。

「……クラウス……」

ああ、目が覚めてしまう。あの夢は一度きりのものだったのか。

まばゆい光が射し込んできて、いやいやいや瞼を開くと、白く波打つシーツが目に映る。

「白……？」

シーツ、白かったっけ。寝ぼけた頭でそんなことを考える。

いや、自分で使っているシーツは水色だ。枕カバーもタオルケットも水色のストライプのはずなのに、指先が辿るふんわりとした枕は真っ白だ。

「お目覚めかな、リオ？」

聞こえてきたやわらかな声にがばっと飛び起きると、金の髪を艶やかに輝かせた男性が部屋に入ってくるところだった。

「……クラウス様……！」

「ああ、起きたようだね。おはよう、と言ってももう十時を回っているが。この間は夜更けに現れたかと思ったら、今日は明けの明星と一緒に君が迷い込んできたんだよ。あのバルコニーで倒れていたところを見つけた私の驚きが君にはわかるかい？」

「え、え？　倒れてた？　僕が？　あの、ここは――」

身体に掛かっていた羽毛布団をぎゅっと握り締め、あたりをきょろきょろと見回す。

天井が高く、広々とした部屋は居心地がよく、正面には暖炉があった。

いまは火を焚《た》いていないが、薪《まき》をくべたら立ち上がる炎にきっと見入ってしまうに違いない。その上には里央にも覚えのある、あの銀の燭台が置かれている。

壁には湖面に張り出した大木が緑を生い茂らせている落ち着いた絵が掛けられていた。

素人目にも隅々にまで贅を尽くした居室だとわかる。

茫然《ぼうぜん》としていると、くだけた格好だった昨日とは打って変わって紫の立ち襟が美しい上衣を纏ったクラウスが歩み寄り、目を見開いている里央の隣に腰を下ろす。

なにか職務にあたっていたのだろうか。そうして、おもしろそうに顔をのぞき込んできた。

「私の可愛い小鳥、また会えたね」

「クラウス様……どうしてここに」

「ここは私の寝室だよ。倒れていた君を臣下とともに運び込んでひとまず寝かせていたんだ」

「僕が眠っていたのって、どれぐらいですか」

「六時間ぐらいだろうか。すこしはすっきりしたかな。喉が渇いただろう。水を持ってきたけれど、飲む？」

「は、……はい」

　国王直々に銀盆を掲げていることにいまさらながら落ち着かなくなってしまう。クラウスはなんでもない顔で水差しを傾け、満たしたグラスを手渡してきた。

「飲みなさい」

「ありがとうございます」

　たったいま汲《く》んできたばかりなのか、冷たくてとても美味しい。

　冷えた水を飲んだらだいぶ意識がすっきりし、こころも落ち着いた。

　あらためてクラウスを見ると、肖像画で見たような紫の上衣がよく似合っている。下衣はシックな焦げ茶で彼の足の長さを引き立てていた。

「それでリオ、どうしてまたここに？　むろん咎めているわけじゃない。君は我が城の厳重な警備の隙《すき》をすり抜けられる特技があるようだ。衛兵たちの目にも留まらないみたいだしね。どこから来て、どこから去っていくんだろう」

「あの……昨日は僕、どうやって帰りましたか？」

「昨日？」

　クラウスは不思議そうに片眉を跳ね上げた。

「君が来たのは一週間前だが」

「そんな。昨日だったはずです。だって覚えてます。昨日僕はあなたの肖像画を買って最初の夢を見たんですから」

「しかし、私の思い違いではないよ。君と最初に会ったのは一週間前の夜中。私がすこし目を離した隙に君は煙のように消えてしまっていた」

煙のように。

彼にやさしく頰にくちづけられたあとのことは里央も覚えておらず、気づいたら自室で目を覚ましたのだ。

夢とうつつ。どちらが自分の居場所なのかふと混乱してしまう。

確かに自分が存在しているのはあの東京の下町で、カフェ勤めをしており、ひとりで暮らす部屋もある。里央のことをよく知っているひとだっている。カフェの店主、それに仁科、大原。

ただ、わかったことがある。夢の世界に現れるときも消えるときも、クラウスの目が離れているときだ。

ふっと現れてふっと消える、夢なのだから当然と言えば当然なのだが、いままで見てきた夢とはいささか違う。

里央が見てきた夢とは、こうだ。なんの脈絡もなく突然場面が始まり、そこで出会うのは過去の友人だったり、現在つき合っている仲間だったりする。まったく知らない人物と話すこともある。

シチュエーションもさまざまで、遊園地で遊んでいたり、どこか知らない場所を訪れていたりすることも。たまに、テレビで見かけた芸能人と仲よく話すこともあった。

いっときの楽しみだったり、起きたときに気落ちする悪夢もある。

夢占いをするほうではないので、数日すれば記憶は薄れ、日常に埋没していく。それが里央にとっての夢だ。

だけど、連日同じ相手に会うのは初めてだ。そしてもうひとつ。里央は昨日クラウスに会ったのに、彼は一週間前だと言う。時間の流れ方が違うのだろうか。

さらには、里央もクラウスも互いを覚えていて、繋がりのある言葉を交わしている。それがどうにも不思議だった。なにより、この夢で明かされたクラウスの名が肖像画にも記されていた。それを思えば、これは里央が願望だけで作り上げている時間ではないのかもしれない。

「夢……だったら、こんなことないのに。同じひとが出てくるのは稀《まれ》にありますけど、立て続けに会うのは初めてです。それに、あなたも僕も互いの存在を覚えていますよね。夢って断続的で、もっと突発的で、願っても続きが見られないのが普通です。……なのに、僕はまたあなたと会いました」

たどたどしくドイツ語を話す里央をクラウスはじっと見ている。

「ああ、そうだね。確かに単なる夢と片づけるのは奇妙な現象だ。私も夢を見ることはあるが、いつも登場人物や場所が違う。知らないひとと親しげに言葉を交わすこともある。リオとのこともそうなのだろうか……私も夢を見ているということか？」

いや、違うとクラウスは頭を横に振る。

「私は今朝、いつもより早めに起きて君をバルコニーで見つけたんだ。それは間違いない。臣下もそれを確認している。もしこれが私の夢だったとしたら、こうも続いて物事が起きるはずがない。整合性がないのが夢だ。しかし、これは違う。君は私の気づかないうちにここに現れて、いずれ姿を消す。これはどういうことなんだろう」

「どういうこと……なんでしょうか」

そこで、あの肖像画を脳裏に浮かべる。

どうかもう一度会いたいと強く願ったがゆえに、里央はクラウスの現実に入り込んだということだろうか。

まさか。

一笑に付そうとして、頬がこわばる。自分を包み込む衣服、ベッド、空間そのものがあまりにリアルなのだ。

見下ろせば里央は昨晩身に着けていたパジャマのままだった。コットンでできたTシャツとハーフパンツという軽装は、中世的な装いをしているクラウスにとっておかしなものに見えるだろう。

羽毛布団の端をぎゅっと握り締め、もう一度あたりを見回す。

「あの……もしよかったら、あの燭台に火を灯してもらえませんか」

「いまかい？　構わないが」

クラウスが立ち上がり、暖炉の上に置かれた銀の燭台を手に取って戻り、里央が見ている前で火を灯す。

ぽうっとちいさな炎が揺らめく。おそるおそる手を近づけ、「あつっ」と声を上げた。

「リオ、危ない。どうしたんだ、いったい」

「……夢だったら、熱いとか痛いとか……感じないはずなのに」

ますます頭がこんがらがってきた。

ひとと話す、とある場所へ赴く。なんの意味もない夢。それが当たり前なのに、クラウスの厳然たる存在と、炎の熱さが里央の理性を大きく揺らしていた。

さっき飲んだ水も冷たくて美味しかった。そのことだってよくよく考えればおかしい。

食事をする場面はたまに見るが、味わうという経験は一度もない。

水が喉をすべり落ちていった感覚はいまも鮮やかだ。それをもう一度確かめたくて、クラウスにお代わりの水を所望した。

彼に手渡されたグラスを凝視し、意を決してごくりと飲み干す。

口内を満たし、喉から胃に収まっていく感覚は本物としか言いようがない。

「これが夢じゃなかったら……現実、ですか？」

「すくなくとも、私にとってはね」

クラウスは真面目な顔をして、なだめるように里央の髪を撫でてきた。その手つきはやさしく、心地好い。現実だってこんなにも愛おしげな指先は知らない。

髪を梳《す》いてくれる長い指が地肌に触れるのがなんとも気持ちいい。

うっとりしているところへ、ノックの音が響いた。

「陛下、いまよろしいでしょうか」

「カイエンだ。第二性はベータ。私と一緒に君を運び入れてくれた臣下だよ。大丈夫、心配しないでほしい。私がもっとも信頼している男だ」

「……はい」

クラウスにとっての現実に囚《とら》われた身としては、受け入れる他ない。

すこし間があったあと、寝室の扉が開き、ひとりの男が姿を現した。

焦げ茶のかちりとした衣服を身に着け、肩章から繋がる金鎖が左胸を彩っている。ブラウンの髪を綺麗に撫でつけ、里央を見る瞳もアンバーだ。

しかしながら、彼の纏う警戒心を感じ取り、里央は姿勢を正す。

歳はクラウスよりも上だろう。見るからに逞しい身体つきの軍人で美丈夫ではあるが、けわしい顔をしており、ちらりとも微笑まない。

「申しつけられた朝食をご用意して参りました」

「ああ、ありがとう。リオにやってくれないか」

「かしこまりました。アネット、入りなさい」

軽やかな足取りで入ってきたのは、二十歳《はたち》になったばかりぐらいのはつらつとした女性だ。

濃いブラウンの髪を丁寧に結い上げ、紺の裾の長い簡素なドレスに縁飾りが可愛いエプロンを身に着けている。頬に赤みが差し、いかにも健康そうだ。

絶えず笑みを浮かべ、初対面の里央にもにこにこして銀のワゴンを押してきた。

「初めてお目にかかります、アネットと申します」

「リオがここにいる間、食事や着替えの世話はアネットに任せようと思っていてね。彼女は口が固いから信用して大丈夫だよ」

「光栄なお言葉です、陛下。懸命にリオ様のお世話をいたします。さあリオ様、どうぞ」

そう言って、アネットはベッドテーブルを手際よく組み上げると、里央の前に盆を置く。

そこに置かれた銀盆には、熱々のオムレツ、バターが蕩けるトースト、チーズの盛り合わせ、スープが載っていた。

細く白い指で律儀にフォークとナイフを揃《そろ》えてくれたアネットが一礼してぴょんとうしろに下がる。とても可憐な女性だが、いまはわくわくしているみたいだ。

「食べるといい」

「いいんですか？」

「陛下のご命令だ」

カイエンの低い声で言われると逆らえない。傍らに寄り添うクラウスを見るとかすかな笑みを浮かべている。

「食べなさい。お腹が減っているだろう」

「は、はい。ありがとうございます」

とんでもない展開に空腹など感じないと思っていたはずなのに、とろりと黄身のあふれ出すオムレツを頬張ったら止まらなくなってしまった。

「美味しい……。スープも、チーズもすごく美味しいです」

綺麗な焼き目がついたトーストを齧《かじ》る里央にクラウスは満足そうだ。そのうしろで控えているアネットに「美味しいです、とても」と言うと、ぱあっと満面に笑みが広がった。

「厨房《ちゅうぼう》の者にも伝えておきます」

「そうだね。小鳥を手懐けるにはまず空腹を満たさないとね」

「大役を仰せつかりましたこと嬉しく思っております。こころよりお仕えいたします」

「クラウス様は……まったくひとがよすぎる」

咳払《せきばら》いをするカイエンは厳めしい表情を崩さず、里央が食べ続ける様子を見守っていた。

彼が帯剣しているのを目の端に留めて、「こちらの方は」と問うと、クラウスが頷く。

「まだきちんと紹介していなかったね。私の近衛《このえ》隊隊長のカイエンだ。こう見えても幼なじみなんだよ。カイエンのほうが三歳上なんだが」

「クラウス様はおいくつなんですか」

「二十五歳になる」

自分とたった三歳違いでこんなにも違うのか。

「国王陛下とお呼びしろ」

一喝されてびくりと身体を竦める。カイエンの迫力にはどうも弱い。

「こらカイエン。リオが怖がっているじゃないか。君はただでさえ怖い顔なんだから意識して笑わないと」

「どこの者とも知れぬ男相手に微笑など必要ありません」

「石頭だな、相変わらず。それに、ふたりでいるときはいつもどおりクラウスと呼んでくれ」

苦笑しているクラウスとカイエンが親しい間柄にあるのは間違いなさそうだ。

国王陛下。いま、カイエンはそう言った。

「やっぱり……クラ……いえ、陛下はこの国の王なのですか」

「いいよ、君もいままでどおりでクラウスで。王と言っても非力なものでね。自慢できるのは信頼できる臣下たちとよく働く民たちだ。私は特別なにもしていない」

「でも、僕を拾ってくださったじゃないですか」

「迷子の小鳥を見捨てておけるほど冷たくはないのでね。パンのお代わりは？　紅茶を淹れようか」

「いえ、もうお腹いっぱいです。ほんとうになにからなにまですみません。ごちそうさまです」

「口に合ってよかったよ。カイエン、お茶を淹れてくれないか。君と私のぶんも」

「……私のぶんもですか」

「ああ。なぜリオが続けてここに現れたのか、君も一緒に考えてほしい」

「陛下のご命令とあらば。アネット、お茶の用意を」

「はい」

渋い顔をするカイエンの命に従って、隅に控えていたアネットが一度部屋を出て、今度は茶器をひととおり揃えて戻ってくる。

ほどなくして里央の手元にも温かく香りのよい紅茶が置かれた。

「またなにかあれば君を呼ぶよ、アネット。ありがとう」

「失礼いたします」

去り際、アネットがにこりと里央に微笑みかけてきたので、嬉しくなって頭を下げた。

「カイエン、ここにお座り」

窓際に置かれたちいさな椅子をカイエンが運んできて、腰掛ける。ベッド端に腰掛けたクラウスにもティーカップを渡し、懐疑的な顔をしていた。

「君はそのままでいいよ」と言われたので、ありがたく半身を起こし、ふかふかした枕に背を預けていた。

「一週間前、リオは突然私の寝室のバルコニーに現れた。月が出ている晩だったね。私は眠れずにハープをいたずらにかき鳴らしていて……木陰から現れたリオに気づいた。そのときはうまいこと衛兵の目をすり抜けて城内に忍び込んだ町の子だと思ったんだよ。でも、彼はこの国のことをなにも知らなかった。確か、ニホンのトウキョウというところから来たのだと言っていたね。私は知らない国なんだが、よほど遠いんだろう。幸いにもリオはドイツ語を喋れたので彼とすこし話をした。そこでカイエン、君が私を呼んだので、ふと目を離した。その隙にリオは姿を消してしまった」

ゆっくりとクラウスは紅茶を啜る。

それにならって里央もカップを口に運ぶ。質のよいアールグレイだ。

仕事柄茶を淹れるのが好きな里央は自宅でもよく紅茶を淹れる。たいていはダージリン、アールグレイ。

年に一度は奮発して、紅茶専門店でファーストフラッシュを買ったり、夏、秋、冬にふさわしい茶葉を選んだりもしている。

アールグレイの澄んだ味は、不安な里央をなだめてくれるようだった。

「それから一週間、私はリオのことが忘れられなかった。どこからともなく迷い込んできた小鳥とは一度だけの出会いだったんだろうかとね。もう一度話してみたかった、もう一度澄み切った黒い瞳を見てみたかった。——今朝、いつもより早く目が覚めてバルコニーに出たら、リオが倒れていたんだ。まさかと思った。神はやはりおわすのかと。急いでカイエンを呼び寄せて、慌ててベッドに運び込んだんだよ。流行病《はやりやまい》にかかっているんじゃないかと心配だったけれど、君には熱もなかったし呼吸も平常だった。カイエンが『ただ眠っているようです』と言ったので、さっきまで寝かせていた。そういうわけなんだ。ここまでの流れはいいかな、リオ、カイエン」

「はあ……しかしクラウス様も不用心すぎませんか。得体の知れない者を部屋に入れるなんて。無邪気な顔をしていますが、彼がもしアルドかシュナイダル国のスパイだったらどうするんです」

「スパイか」

クラウスが目を眇めたので、里央は身体をこわばらせる。

疑われているのだろうか。

そういえばアルドとシュナイダルという強大国に挟まれているとクラウスから聞いていた。互いに領地を巡って争っているのだと。

「ここはちいさな国だし、両国から難を逃れてくる者も多い。確かに怪しい者は幾人かいて投獄したことはあるし、リオの黒い髪、黒い瞳はとてもめずらしい。が……リオはスパイではない」

「その根拠は」

「無《む》垢《く》な瞳だよ。私が見てきたスパイは瞳に陰がある。どんなに微笑んでも、その瞳は笑っていない。リオは違う。なにも知らない子ども同然だ。そもそも、ここからはとても遠いニホンという国からやってきたのだと言っていたしね」

ひとのいいクラウスは、里央の言葉を信じてくれたようだ。

「では、なぜドイツ語を喋れるのですか」

「それは——あの、僕の祖母がドイツのひとだったんです。もう亡くなりましたが、生前はとても可愛がってもらって、日常会話程度ならドイツ語で話していたんです」

「ニホン……馴染みのない名前だな。しかし、家族がドイツ語を操れていたのか」

カイエンはまだ眉間に皺《しわ》を刻んでいる。

「しかし、子どもの無邪気さを利用してスパイに仕立て上げることだって可能です。幼い子は物事の善悪がつかない。命じられたことを鵜呑《うの》みにしてしまい、報酬の代わりに入り込むこともあります。かえって大人より子どものほうが他国に紛れやすい。そうお考えになりませんか」

「ならないよ」

カイエンの疑惑を切り捨てるクラウスが艶やかに微笑み、「これでも一国の主《あるじ》だ」と言う。

「前王には劣るが、ひとを見る目はあると自認している。そうでなければカイエン、君を私の一番近くに置かないと思うが」

「……口が達者ですな、我が君は」

苦い顔をしたカイエンはじろりと里央を睨《にら》み据えてくる。

「あなたは私の主君の、よりにもよって寝室のバルコニーで倒れていた。たまたま最初に見つけたのが陛下だったからよかったようなものの、他の者だったらこのような扱いは受けていないぞ」

「カイエン、もうすこし丁寧な口調にしなさい。リオが真っ青になっているじゃないか」

「いいえ、すみません。僕にとってもまったく理由が思いつかない状況でご迷惑をおかけして……」

「あなたを陛下の寝台に寝かせる前に、ひととおり調べさせていただきました。危険物を隠し持っていないかどうか、陛下の元で裸にしてみましたが、なにも見つかりませんでした」

ほんのすこし口調があらたまったカイエンの言葉にじわりと耳たぶが熱くなる。

いま着ているTシャツもハーフパンツも下着も取り払われたのだと思ったら、同性同士でもやはり羞恥《しゅうち》が募る。

鞄《かばん》ひとつ持たずこの身体だけで倒れていたようだったから、どこを調べても危ういものは出てこなかったのだろう。

「刃物はもちろん、小袋も針一本も隠し持たずに陛下の寝室に近づいた理由をお聞かせ願えませんか」

「針？」

「毒針です。小袋も同様。少量でも死に至る毒がこの世には存在しますから」

「そんな、いえ、持ってません。誰かを殺すなんて考え、一度も持ったことがありませんから」

カイエンは探るような視線を向けてくるが、緊迫した雰囲気を和らげるようにクラウスがふっと笑った。

「もしも彼が暗殺者として私の元に乗り込んだのだとしたら、あまりに丸腰だし無防備だね。それに、謀殺《ぼうさつ》に慣れていないことはその手を見ればわかる」

「手……」

言われて、羽毛布団をぎゅっと握っていた手を見下ろす。

「訓練された者なら指一本の動きでそうとわかるよ。無論、麗しい女性とて毒針でひとを殺す時代だ。鍛えた指をしている者すべてが暗殺者かと言ったら違う。油断ならない目つき、ふとした仕草に秘めた決心は表れる。欺く者は皆、仮面を被っているものだよカイエン。リオはそうじゃない。最初に会ったときから素顔を見せてくれた。戸惑いや驚き、屈託のない笑みを私はこの目でしかと確かめた。リオ自身の身元が明らかではない現状だが、すくなくとも私の命を狙ってやってきたのではない」

　そこで息を吐き、クラウスは目を細めながら微笑む。

「私を殺すにはあまりに隙がありすぎるよ。逆に私がなにかリオにしでかしてしまいそうだね」

「クラウス様はまたそのようなお戯《たわむ》れを……」

　大仰にため息をついたカイエンは肩を竦め、立ち上がる。

「ひとまず、リオ殿のことは陛下のお言葉もありますので、いまはこれ以上立ち入りますまい。……しかしどうしたものか。このまま陛下のお部屋に留めておくのはいささか都合が悪くありませんか。身元が判明するまでは地下牢にいていただくとか」

「だめだ。リオは罪人ではない」

「ですが、城内を自由に歩き回らせるわけにもいかないでしょう。他の者たちにどう説明いたすのか」

「そうだな……ひとまず、ここから一番近い部屋にいてもらうのはどうだろう。リオも終始私やカイエンがそばにいるのは落ち着かないだろう？　ひとりでゆっくり考えごとをする時間も欲しいだろうし」

「はい……」

　否と言うことはできなかった。

正直な気持ち、なにがなんだかわからないのだ。

パジャマ姿でクラウスの寝室のバルコニーに倒れていたとなれば、彼らに身の潔白を信じてもらうため、また里央自身の安全を確保してもらうためにもいまは刃向かうところではない。問答無用で地下牢に押し込まれてもおかしくない状況なのだ。

一国の主の寝所に近づくなんて。たとえ、夢の中だとしても。

そう、そうだ。これは夢だ。いつかは覚める夢だ。焦ることはない。

自分に懸命に言い聞かせていると、そばを離れていたカイエンがきちんと畳んだ衣類を運んできた。

「陛下のおそばの部屋にいるとしても、ひとまずお着替えなさったほうがいいでしょう。その格好では目立ちすぎます。万が一誰かにリオ殿を見られたときに極秘の賓客《ひんきゃく》だと言い訳できるよう、まともな服をお召しください」

丁寧なんだかぞんざいなんだかわからないカイエンだが、その声音に意地悪さは忍んでいなかったので、里央も素直に頷いた。

「当面リオがここに滞在することを想定して事を運ぼう。カイエン、アネットとともにリオの世話係になってくれ。侍女や侍従たちは遠ざけて、宰相《さいしょう》をはじめ他の者にもリオの存在は気づかせぬよう。リオ、窮屈な思いをさせるかもしれないが、しばし我慢してくれるかい？　その間に私のほうでも君の言うトウキョウという町がどこにあるのか調べてみる。私の大事な客人としての設定も作り上げる。安心してほしい、けっして悪いようにはしないから」

日本も東京も聞いたことがないと言われ、ではいったいここはどこの時代なのだろう。

オーエリン国についてもっと知りたい。

「わかり、ました。そもそも僕がクラウス様のバルコニーで倒れていたことがきっかけですから、どんなことでも受け入れます。カイエン様、お手を煩わせてすみません。お世話になってもいいでしょうか」

「私本来の役目は陛下の近衛隊第一隊長。御身を守るのが仕事だが、我が君が命じることであればなんなりと」

「それに、いまの城内はすこし慌ただしいからね。リオを危ない目に遭わせないためにも、しばし部屋に籠《こ》もっていたほうがいい。私とカイエンで君を守ろう、リオ」

「ありがとうございます。なにからなにまで……ご迷惑をおかけして」

すみません。もう一度そう言おうとすると、クラウスがすらりと美しく長い指で里央のくちびるをふさいできた。

「謝ることはない。迷い込んだ小鳥がとても可愛くて手放せなかった。そう言えば誰もが納得する」

「クラウス様は迂闊に浮名を流さないくせにほんとうに口がうまい」

「そうでなくては王は務まらないよ」

呆《あき》れたカイエンに衣服を渡された。上質な素材でできたシャツは薄いブルー、裾の長いジャケットと下衣は淡いベージュでまとめられ、こざっぱりとしていながらも品がいい。

彼らが見ている前で着替えるのは恥ずかしかったが、ひとつひとつ指示を受けながら着替えていくとぼうっとしていた意識にも芯が入っていくようだ。

「うん、とても似合うね。生まれながらにして貴族の子息だ。君の黒い瞳は夜空のようで吸い込まれそうだよ」

「そんな、褒めすぎです」

クラウスの手放しの賛辞に頬を紅潮させ、新鮮な肌触りの生地にそっと触れる。現実の世界では一度も袖を通したことがない極上の代物だ。

「カイエン、ちょっと外を見てきてくれないか。できるならアネットにひと払いをさせて、この部屋近くだけでもリオを案内しよう。リオに使ってもらう部屋も見てほしいしね」

「わかりました」

カイエンが部屋を抜け出た隙にクラウスが近づいてきて、里央の頭のてっぺんから足の爪先までしげしげと見つめる。

どこかおかしかっただろうか。髪が跳ねているとか。もじもじしながら髪を直そうとすると、先に手が伸びてきた。

「大丈夫だよ、とても凛々しくて可愛い。……君ほど美しいオメガは見たことがないな。国中、いや、隣国でも麗しいオメガたちは大勢目にしてきたが、リオのその瞳を見ているとなんだかおかしくなりそうだよ」

「クラウス様……それは僕だって同じです。あなたほど品格があって、綺麗で、堂々としていながらも威圧感を覚えないアルファに出会ったのは初めてです」

これが夢じゃなければいいのに。

そう呟くとクラウスは口元をほころばせ、「まだ夢を見ているつもりかい？」と里央の瞳をのぞき込んでくる。

温かな呼気が頬にかかったと思ったのもつかの間、くちびるにやさしい熱が重なる。

ふわりと蕩ける甘いくちづけに目を瞠り、慌ててそこを指で触れた。

じわじわと身体中に染み通っていくようなクラウスの親愛が里央を惑わせる。

生まれて初めてのくちづけだった。

クラウスにしてみれば挨拶のようなものだけれど、衝撃が大きい。その熱は穏やかながらも瞬く間に神経の隅々まで火を点け、落ち着かなくなってくる。

「あ、の」

「もしかして、くちづけは初めてだったかな」

「……う、……はい」

経験足らずな、と笑われるかと思ったら、クラウスは一層まなじりをやわらかに解けさせ、そっと里央の髪を梳いてくる。

「このまま抱き締めてしまいたいよ。君がもうどこにも行かないように。ここに閉じ込めてしまえば、君は夢から覚めなくなるのかな」

「そうだったら、どんなにいいでしょうか」

本音半分、不安半分で答える。

まぼろしの世界に囚われてしまったら、現実の自分はどうなるのだろう。

いや、もしかして、気づかぬうちに不慮の事故に遭っていていまの自分は意識が目覚めない状態なのだとしたら？　夢とうつつの狭間を漂っているのだとしたら？

そんなことにでもならないかぎり、このあまりにリアルすぎる状況は説明がつかない。

夢から覚めなかったら。そう考えるとやはりすこし怖い。ほんとうの自分がいまどこに存在しているのか、確証が摑めないのだ。

不安を追い続けると深みにはまりそうなので、あえて頭を強く振る。これからどうなるかわからないが、とにかく現状を自然に受け入れるだけだ。

「陛下、お待たせしました。ひと払いをしたので、この付近だけでもどうぞ」

「ああ、ありがとう」

戻ってきたカイエンとともに寝室を出てみれば、驚くべき光景が待っていた。

高い天井、クリームホワイトの壁にはところどころ優美な花を模したランプが点いている。

里央の住む場所とは違って電気は通っていないようだから、手間暇かけてひとつひとつ火を灯すのだろう。

濃紺の長い絨毯《じゅうたん》がどこまでも続いている。奥のほうに目を凝らしても突き当たりが見えないほどの広さだ。

「私の執務室はすこし離れているが、あちらにある」

クラウスは廊下の先を指してくれるが、いったいどの扉のことを言うのやら。

三人並んで歩いてもまだ充分に余裕がある廊下をすこし行ったところで、斜め左にある木製の扉をカイエンが開ける。

「リオ殿にはこちらを使っていただく。さあ、中へどうぞ」

「はい。……うわ」

単なる客間かと思ったが、予想以上に豪華だ。

クラウスの寝室よりはこぢんまりしているが、天蓋付きのベッドが片側に置かれ、座り心地のよさそうな椅子とテーブル、窓際には書き物をするための文机も設《しつら》えてある。

ベッドの反対側の壁面にはぎっしり詰まった書架とちいさな暖炉が。室内の装飾は暖かなブラウンとベージュでまとめてあり、居心地がよさそうだ。バルコニーもある。

「ただし、窓の外に出ないでおくれ。君の姿を誰かに見られては困るから」

「わかりました。気をつけます。内側から景色を眺めるぐらいは大丈夫ですか？」

「それぐらいならいくらでも。毎日新鮮な花を届けさせよう。君が本物の鳥籠の鳥になってしまわないように」

気遣ってくれるクラウスに礼を言い、しばし過ごすことになる私室を興味津々で見回す。

　文机には薔薇《ばら》を模した可憐なランプが置かれていた。ここに火を灯してゆっくり考えごとをするのもいいなと思う。

「普通、着替えは侍女や侍従に任せるものだ。ひとまず君には先ほど会ってもらったアネットに任せようと思う。大丈夫かな？」

「アネットさんさえよければ。自分ひとりでも大丈夫だと思うんですけど、着慣れない服がありそうですもんね」

「装飾が多い華やかな君も見てみたいものだ」

　クラウスが、「この城は夜になると冷え込む。いつでも暖炉はつけていい」と言う。

「暖炉のつけ方はわかるかい？」

「……わかりません」

「ならカイエン、お手本を」

「こういうときだけひと使いが荒い」

　口ではそう言いながらも、カイエンはさっさと暖炉に歩み寄り、積み上げられた薪にマッチで火を灯す。

　この古めかしい物語のような城にもマッチがあるのか。となると、やはりこの世界が実在するなら百五十、いや二百年ぐらい遡《さかのぼ》った時代なのかもしれない。

頭の片隅で考えていると、パチパチと小気味よい音を立てて炎が立ち上る。

薪がよく乾いているのだろう。ちいさいながらもしっかりと暖を取れそうで安心した。

「暖炉なんて初めてです……」

「君の家には火がないのか？」

揺らめく炎にうっとり呟く里央に、クラウスが気遣わしげに眉根を寄せる。

電気ガス水道が整備された時代に住んでいるとはまだ打ち明けていなかったので、「そ、そんな感じです」と曖昧に言葉をにごした。

自分が住んでいる東京は夏の終わりでまだ厳しい暑さが残っているが、ここは初秋に差し掛かるらしい。時間の進み方も違うのだろう。

時空を飛び超える夢なんて初めてだ。

我知らずため息をつくと、クラウスがカイエンをそっと下がらせ、里央を椅子に座らせる。彼も正面に腰を下ろした。

「リオ、ここでの暮らしにはけっして不自由はさせない。食事も入浴も着替えも、君の好みぴったりに合わせよう。私の元に来た客人なのだから」

「お気を使わないでくださいクラウス様。これだけ豪勢な部屋をあてがってもらっただけで僕は満足です。寝台があまりに広すぎて、寝ぼけて転がり落ちる心配もなさそうです」

クラウスの親切を損ねないように微笑むと、彼はいたずらっぽく片目をつむる。

「ならば、毎夜私が隣で寝てあげようか。そうすれば君のいい抱き枕になるよ」

「そんな、もう」

どこか甘さを感じさせるやり取りにくすくす笑ったことで緊張が解けたときだった。

クラウスがさりげなく手を伸ばし、里央の手を軽く握り締める。

瞬間、びりっと全身を駆け抜ける甘い電流のような感覚にはっと目を瞠った。

なんだ、いまのはなんだったのだ。クラウスも目を大きく見開いている。

指先から伝わってくるちりちりした熱が速やかに血の中を巡り、心臓を激しく跳ねさせた。

「クラウス、様」

「これは——」

信じられないとでも言いたそうにいったんおずおずと手を引いたクラウスが、意を決したようにもう一度ぎゅっと摑んでくる。今後は前より強く。

途端に心臓がどくどくと波打ち、身体中の血が騒ぎ出す。

まるで沸騰しているかのようだ。

いままでに一度も体験したことがない強烈な衝動に目眩《めまい》を覚えていると、熱い手を固く握り締めたクラウスが身を乗り出してくる。

「君は——リオは……私の、運命なのか？」

「運命……」

「番なのか？」

その言葉にぎょっとしたものの、クラウスはいまや真剣な顔でけっして手を離そうとしない。

指を一本一本深く絡め合わせてきて、谷間まで熱に覆われる。

問われても、どう答えていいかわからない。

ただもうとにかくじんじん痺《しび》れる、この甘痒《がゆ》い感覚はなんなのだろう。身体中が火照り、じわじわ疼《うず》き、一時もじっとしていられない。

知覚を超えたなにかに、里央は混乱していた。

これはほんとうに夢なのか。

伝わってくる強い熱、しっかりした骨の感触。なによりその蒼い瞳がこころを捕らえて離さない。

「君は、私の番なのではないか？」

念を押すようにクラウスが囁く。

彼も自分と同じように熱と感情の奔流を味わっているのだろう。体内を駆け巡るこのたとえようもない感覚を言葉にしたら、なんと言うのだろう。

オメガは生涯にたったひとり、運命の番であるアルファと出会うことがある。

その話はいままでにも何度も聞いていたし、実際、番となったひとびともこの目で見てきた。

しかし、自分の身に番という相手がほんとうに現れようとは信じていなかったのかもしれない。出会いたいとは願っていたけれど。

肖像画のクラウスにひと目惚れして、あなたが番だったらいいのにと思っていた。

それは経験のない里央にとって、一般的な恋人のようなものだった。

手を繋ぎ、目と目を合わせて微笑み、肩を並べて時間を忘れ、いつまでも話し込むような。

だが、いま味わっている感覚は頭で考えていた恋人同士とは確実に違う。

身体中がざわめき、彼を欲しているのだ。息もできないぐらい求めているのだ。

指を重ねれば重ねるほど隙間がなくなり、溶け合っていくような錯覚を覚える、これが——番の証《あかし》なのか。

未知の感覚に、咄嗟《とっさ》に恐怖を感じる。

けれど、すぐにそれを打ち消すほどの圧倒的で甘美な目眩が襲ってきた。

目の前がぼうっと霞《かす》み、姿勢を正していられない。自分にできることはいまひとつだけ。

クラウスのまなざしをまっすぐに受け止めること。

こころの奥深くにまで分け入ってくるような瞳を見つめ返すこと。

「……クラウス様」

ようやく絞り出した声は思っていた以上に掠れ、飢えていたことに我ながら驚く。

飢えるなんて直情的な反応に顔が熱くなり、ふいっと視線を逸《そ》らそうとしたとき、クラウスが素早く立ち上がってそばに立ち、里央の両頬を包み込んでくる。

瞬きするのも忘れて、熱いくちびるが深く重なるのを感じた。

冗談でも、いたずらでもない、本物のくちづけだ。

しっとりしたクラウスのくちびるは火傷《やけど》するほどに熱く、角度を変えて押し当てられるたびに逆らえない欲情を里央の身体の隅々にまで染み込ませていく。

ちゅ、ちゅ、と音を立ててくちづけられ、息苦しくなった頃に、はあっと深く吸い込むのと同時に、ぬくりと舌がもぐり込んでくる。

あ、と思った次にはきつく舌を搦《から》め捕られていた。

うずうずと舌の表面を擦《こす》り合わせられ、甘やかな唾液がとろりと伝い落ちてくる。顔を上向かされていたから自然とこくりと喉を鳴らし、クラウスから伝わるものを体内に取り込んでいく。

欲しかった、僕も欲しかった、これがずっとずっと欲しかった。

頬を摑んでくるクラウスの手に自分も指を絡め、里央もぎこちなく舌を擦り合わせる。

夢見心地で吸い合い、口腔内をクラウスの舌がいささか乱暴に動き回るのがたまらなく嬉しい。

彼ほどの男性が夢中になってくれているのだ。

育ちも、立場も、暮らしぶりもあまりに違いすぎるアルファに——陛下と呼ばれる男に里央は全身で求められ、いつしか彼にしがみついて熱いくちづけをねだっていた。

細身に見えてもいざ抱きついてみると逞しい腰をしている。その腰にしっかりと両手を回してすがりつき、もっと奥を探ってほしくて首をのけぞらせた。

じゅるりと淫靡《いんび》な音を響かせて舌を吸い取ったクラウスがつと顔を離し、茫然と見下ろしてくる。

「リオ——君は私にどんな魔法をかけたんだ？　こんなくちづけは誰とも交わしたことがない。君がどこの誰なのか、いや、どこから来た者でも構わない。リオは私の番だ」

強い声で断言され、身体が震える。

熱に浮かされた蒼い目。

期待と不安がない交ぜになって、里央を振り回す。

番だと告げられてひどく胸が騒ぐ反面、自分の中に湧き起こる名状しがたい暴力的な欲情に惑う。

こんなに強烈な飢餓感に襲われたことはかつて一度もなかった。

ただただ目の前のクラウスに触れたくて、触れられたくてたまらない。

なのに、一線を越えたらいったいどうなるのだろうという恐れもあった。

だけど離れたくない。これが現実だと信じたくて、再びクラウスの腰に抱きついてぎゅっと顔を押し当てた。

まだすこし息の荒いクラウスがなだめるように髪をかき回してくれる。

「お互いに……頭を冷やしたほうがいいようだね。大丈夫かい、リオ」

「はい、……いえ、すこし身体がだるくて……」

「いけない。横になりなさい。無茶をしてすまなかった。いま、アネットにお茶を持ってこさせよう」

「行かないで」

咄嗟に彼のジャケットの裾を掴んだ。クラウスは驚いているが、やがて安心させるように里央の額にやさしくくちづけてくる。

「一瞬で戻ってくる。私を信じて。熱いお茶を一緒に飲んで落ち着こう。君は寝台で休んでおいで」

片時も離れたくないけれど、やさしく言い含められると抗《あらが》えない。

それに身体が急激に重くなり、座っているのもつらい。

ここは彼の言うとおり、すこしだけでも休息を取ったほうがいいだろう。

寝台に横たわると、クラウスが上掛けを引き上げてくれる。やわらかく暖かい布団にほっとし、クラウスと視線を交わした。

彼の深い蒼の瞳がもの言いたげに瞬いている。

「ここで待っていてくれ、リオ。すぐに戻るからね」

「はい」

枕に頭を落ち着けると、そのまますうっと眠りに吸い込まれそうだ。

大丈夫、大丈夫だ。クラウスは一瞬で戻ってきてくれる。

気遣わしげに横顔で微笑んだクラウスが扉から出ていくのを見守り、里央は天井を見上げる。

天蓋に薄い紗《しゃ》のかかった寝台は最高の寝心地だけれど、広すぎて落ち着かない。

転々と寝返りを打ちながら、そこにクラウスの温もりを探しているうちに——睡魔がするすると忍び寄ってきて、いつしか里央は眠りに落ちていた。

5

「クラウス……クラウス、様……」

うつろな声とともにぼうっと目を覚ます。

見慣れた天井、カーテン。はっと飛び起きれば、ベッドの正面にはあの肖像画。

いつもの、自分の部屋。

「……クラウス様……」

ああ、また夢だったのだ。虚脱感が込み上げてきて、無意識にくちびるを指でなぞる。

ひどい。ひどい。あんなにも蠱惑的なくちづけを受けたのに夢だなんて。

脳内で起こった出来事とは思えないほどに身体中に熱が染み込んでいた。指先までもがまだ熱い。

肖像画を見やると、昨日よりも色鮮やかになっている気がする。

信じられない思いで絵に近づき、額縁を手に取った。

クラウスの瞳が深く、蒼く冴《さ》え渡っている。黄金に輝く髪も艶めいていた。

まるで里央が夢見るたびにすこしずつ息を吹き返しているとでもいうような。馬鹿な。

頭を振って、試しに頰も手の甲もつねってみる。痛い、となるとやはりこれが現実なのだろう。

しかし、クラウスがいた世界だって確かな感覚はあった。

いったい、自分はどうしてしまったのだ。この絵を手に入れて三日目。おかしなことばかり起きる。

だけど、怖いとは思わない。叶うならばもっと彼のいる世界に浸っていたいぐらいだ。

いったんベッドに横になって目を閉じてみるけれど、もう眠りは訪れない。休息は十分取れたみたいだ。

諦めて起き出し、熱いシャワーを浴びる。髪の根元まですっきり洗っても、クラウスのやさしい指遣いを肌は覚えていた。

今日は仕事が休みだ。どう過ごそうかと考えながら朝食を取り、そうだ、図書館に行ってみようと思いついた。

オーエリンがもしも実在するとしたら、過去の歴史書や地図に名前だけでも載っているんじゃないだろうか。

ひょっとしたらクラウスのことだって。

そうとなったら気が逸り、一瞬にして食事とあと片づけを終えて、出かける準備を整えた。

向かう先は自宅から歩いてわりと近くの公立図書館。

クラウスの絵を買った公園のちょうど反対側にある。

九時の開館に合わせて飛び込み、まっすぐ歴史コーナーへと向かった。

膨大な蔵書を前に、クラウスのいた年代はいつ頃だろうと思案する。

二百、三百年前、といってもあまりに大雑把すぎて手に負えない。試しに近世ヨーロッパについて書かれた分厚い歴史書と世界地図を数冊手にし、読書コーナーの窓際の席で開いてみた。

朝一番の図書館は意外にもひとがいる。ここを城とし、毎日通うのを楽しみとしているひとがいるのだろう。

オーエリン国、となったら綴《つづ》りは「Ｏ」から始まるのだと思う。

近世の頃は世界中で幾度も戦争、侵略が繰り返され、そのたびに列強国に呑み込まれていった小国が存在する。

オーエリンもまたそういう国のひとつだったのだろうか。オーエリンはプロイセンのことだったのだろうかと調べてみるけれど、やはり違う。

時間をかけて丹念に調べたのだが、どの本にもオーエリン、そしてクラウスの名前は出てこない。

やはりあれはただのどこかの貴族を描いた絵にすぎず、ひと目惚れしてしまった自分が勝手に妄想を作り上げたというのだろうか。

ため息をついて窓の外を見る。もう陽が暮れかけていた。

ずいぶんと長いことここにいたのだと気づいたら急に空腹を覚えた。

それもそのはずだ。朝食べたきりで、昼食も取っていない。

それだけクラウスやオーエリンのことが知りたかったのだ。

彼との繋がりが頼りない記憶の中の温もりだけだなんてせつない。あの手の感触はいまでもはっきり覚えている。

そうそう簡単に忘れられるものか。しかし、所詮夢は夢だ。時間が経《た》てば輪郭は次第に曖昧になり、ぼやけてしまう。

手元に残るのがあの絵だけというのはどうしても避けたい。

手がかりひとつも得られずに終わるのかと思ったら自然と肩が落ちたが、ふと、そうだと思い出した。

『わやわや』に行ってみるのはどうだろう。

クラウスの肖像画を売ってくれた男性が営む居酒屋だ。幸い、この図書館からも近い。

腕時計を見れば十六時。居酒屋だからきっと十七時ぐらいからは開いているだろう。

それまでは書架を眺め、未練がましくあれこれ手に取ってみたが、やはりこれといっためぼしいものは見当たらなかった。

じりじりと待ち続け、十七時を十分過ぎたあたりで図書館を出てまっすぐ『わやわや』へと足を向けた。

その店は古びた家々に挟まれたところにあった。ゆったりした構えの木造二階建てで、店の外にはベンチとスタンド灰皿、『営業中』の看板が出ている。

楽しげに踊る手書き文字の『わやわや』という店名を確かめて、からりと引き戸を開いた。

「いらっしゃい！　ああ、あれ？」

威勢のいい声に里央はぺこりと頭を下げた。

奥に細長い店内は壁沿いにテーブルが三つ、カウンター席が五つ。厨房では仕込みに入っていたらしきあの店主がにこにこしている。

「この間絵を買ってくれたひとだよね、来てくれたんだ。どうぞどうぞ」

「こんばんは。ひとりでもいいですか」

「もちろん。好きな席に座りなよ」

お言葉に甘えて、と店主と近いカウンター席のひとつに腰を下ろした。ここなら話がしやすいし、まだ早い時間だから他の客もいない。

「なんにする？」

「じゃ、生ビールをグラスで」

「あいよ、待っててね」

気さくな店主は手際よくグラスにビールを注いでカウンター越しにことりと置いてくれた。突き出しの枝豆も。

「いただきます」

よく冷えたグラスを呷《あお》り、深く息を吐き出した。ついでに塩を振った熱々の枝豆も口に放り込む。ちょうどいい塩加減がとても美味しくて空腹感が増していく。

「なにかお勧めってありますか？」

「そうだな、今日は豚の角煮がよくできてる。うちの角煮はそんじょそこらとはひと味違うよ。あともやしのナムルも美味しい。だし巻きたまご好き？　旨《うま》いよ」

「それじゃ、その三つください」

「はーい、ありがとう。店に来てくれたのは初めてだね。今日は仕事休み？」

「ええ。図書館でちょっとぶらぶらしてました」

「いいよね、あそこ。俺もたまに行く。旅行記やガイドブックが好きでさ。店やってるとなかなかあちこち行けないから、本で目を潤してるんだよね。テレビでも旅番組があるとついつい観ちゃう」

「わかります。僕もカフェ勤めだからまとまった休みは年に一、二度だけなので。一週間ぐらい休めたら海外旅行するのもいいし、北海道《ほっかいどう》や九州《きゅうしゅう》一周なんかもしてみたいです」

「おお、わかるわかる。美味しいものを食べまくりたいよね。はいお待たせ、豚の角煮」

箸《はし》で挟むとほろりと溶け崩れそうな肉の塊《かたまり》に辛子をたっぷりつけて口に運ぶ。

「……美味しいです！」

「でしょうでしょう。時間かけて作ってるからね。これ作る日はお客さんがよく入るんだよ」

ひとのいい店主は話しやすく、人柄もいい。

これならあの絵のこともすんなり聞けそうだ。

「この間のフリマではありがとうございました。肖像画、とても綺麗です」

「ほんと？　ならよかった。額縁変えた？」

「いいえ、まだ。あのままでも渋い感じがあるので、いいかなって。磨き粉を買ってきて手入れします。

……あれって、マスターのおばあさまのおばあさまの……その前からあったものなんですよね。どういった経緯でここにきたんでしょうね。あの肖像画に描かれた男性と血の繋がりがあったとか」

「いやいや、あんな美形がうちにいたら俺なんかもっと青ざめるほどの美男子だって」

あははと豪快に笑う店主は小鉢に盛ったもやしのナムルを出しながら、「確か」と言葉を継ぐ。

「代々受け継がれてきた絵だけど、ほんと値打ちものとかじゃなくて。うちのばあさんのそのまたばあさんのさらにばあさんの……いつだったかはまあわからないけど、どこかの誰かから譲られたものだって聞いた覚えがあるな」

「お店で買ったとかじゃなくて？」

「うん。ああいう外国のひとともまったく繋がりがない家だしね。だいぶ昔に、いろんなひとの手を渡ってうちに来たらしいよ」

「へえ……いろんな、ひと……」

「あの絵がどうかした？　なに、もしかしてお化けでも出た？」

「い、いえ、そういうのでは」

お化けどころか鮮やかすぎる夢を毎晩見て引きずり込まれていると明かしたら、店主はどんな顔をするのだろう。

「あの絵が……ここにあったとき、なにか不思議な夢を見たことってあります？　たとえば絵に描かれた男性が夢に出てきたとか」

「ないよ、一度も」

あっさり覆されて拍子抜けしてしまった。

「夢に出てくるの？　どんな感じ？」

逆に切り返されて言葉に詰まる。どう話したら理解してもらえるだろう。

稀にない美しい男性がじつはアルファで、「君は運命の番だ」と告げてきたと言ったら。

店主は大笑いするだろうか。懐疑的な顔をするだろうか。

どう話そうかと悩んでいるところへ、引き戸が開く。

「おお、いらっしゃい、仁科さん、大原さんこんばんは」

「こんばんは。今日は角煮が出そうな予感があって来ちゃいました。あれ？　里央？」

早上がりだったらしい仁科と、その恋人の大原が連れ立ってやってきて笑顔を向けてくる。

「偶然。もしかしてひとり？　よかったら一緒に食べないか」

「いいんですか。せっかくふたりで来たのに、お邪魔になりませんか」

「肖像画のこと、仁科から聞いてるよ。俺も興味あるんだ。ぜひ聞かせてほしい」

ボストン眼鏡をかけた理知的な美貌を誇る大人の大原に言われ、仁科もうんうんと頷いている。

自分でも持てあましていたところだ。

ありがたく相談させてもらおうとカウンターからテーブル席に移らせてもらうことにした。

「なに食べようかな。やっぱり角煮は絶対として、鶏のつくねも食べたいし今日の干物もいいな」

メニューを見ながら舌舐《な》めずりしている仁科に苦笑し、大原は「好きなものをなんでも食べろ」と鷹揚に言う。

並んでいると仁科のほうが逞しいのがわかる。年下の元気な恋人が大原は楽しくて仕方がないみたいだ。

次々に注文していく仁科を止めることなく、「全部ちゃんと食べろよ」なんて言っている。

「もちろん。慎一さんも食べなよね。最近仕事詰めすぎて食事もまともに取ってくれないから心配なんだよ」

「おまえの作るものは一応ちゃんと食べてるだろ」

「そうだけど。もっと食べてほしい。ちょっと痩《や》せたし」

ラフな半袖パーカを着た仁科とは対照的に、端整なボタンダウンシャツの七分袖からのぞく大原の手首を掴む仁科が顔を顰《しか》める。

もともと仁科は愛情表現がオープンで、里央にもやさしく親切だ。

それでも番である大原はさらに特別らしく、全身から好きだというオーラを発している。そのことが里央にも伝わってくるから照れながらも笑ってしまう。

「仁科君、大原さんが大好きなんだね」

「うん、もうめちゃくちゃ好き。一日中このひとのことを考えてる」

「こら」

うっすら頬を赤らめている大原が仁科の頭を小突き、枝豆のさやを剝《む》きながら「それで？」とうながしてくる。

「ここの店主から不思議な絵を買ったんだよな。近世の貴族らしき男性が描かれているっていう」

「はい。見るからに高貴な身分の方です。ひと目でアルファだとわかりました。それで、こんなことを言うのも恥ずかしいんですが、その男性にひと目惚れしてしまって……せめて夢で会えないかなと思ったら、ほんとうに会えて。ちゃんと話もしたし、手も触れ合った、彼の家臣であるカイエンという人物にも会いました。アネットという女性にも」

　クラウスとオーエリン国の名を告げると、大原は考え込み、「聞いたことがあるようなないような……」と首をひねっている。

「名前からして十中八九ヨーロッパの小国だとは思う。近世は領土争いがあちこちで頻発していたから、強国に呑み込まれたひとつなんじゃないかな」

「僕もそう考えて図書館で一日調べてみたんですが、手がかりはなにも摑めませんでした。プロイセンでもなかった」

「慎一さん、なにかわからない？」

　恋人の見識の広さに全幅の信頼を寄せているのだろう。

　すがる仁科に大原は腕を組み、しばらくうつむいていたが、「わかった」とひとつ頷く。

「家に帰れば古今東西の古い歴史書がある。図書館の蔵書にもないようなコレクション本もあるから、それらを全部ひっくり返せばひとつぐらいは謎が解けるんじゃないかな。ここで食事を終えたら早速俺の家に来る？」

「いいんですか？」

「もちろん。里央の悩みが解決するなら俺も手伝うよ。と言っても俺は慎一さんの指示どおり本をあっちに運んだりこっちに運んだりしてお茶を淹れるぐらいだけど」

「頑丈なのがおまえの取り柄だ」

「またもう。そう体力馬鹿みたいなこと言って」

なんだかんだ言っていい組み合わせのふたりである。

店主のこころからのもてなしを堪能し、会計は割り勘にして店を出た。

大原たちも、ここから近くの煉瓦壁《れんがへき》のマンションに同居している。

小説家として人気のある大原が買ったマンションはまだ真新しく、４ＬＤＫとふたり住まいにしては広い。

「遠慮なく上がって」

七階の角部屋に通され、「お邪魔します」と頭を下げて靴を脱ぐ。

玄関には大原と仁科の靴が一足ずつ。あとは綺麗なものだ。

原稿にかかりきりになると寝食を忘れるという大原に代わって仁科が家事を担当しているのだと以前聞いたことがある。

『慎一さん、放っておくと一日なにも食べないんだよね。コーヒーばっかでそのうち身体を壊しちゃう。だから無理やりお粥《かゆ》や具だくさんのスープを作って食べてもらってる』

対面式のキッチンから繋がるリビングダイニングルームはゆったりとした作りで、L字型のソファにガラステーブル、壁には大画面の液晶テレビ。ふかふかしたシャギーラグも敷かれていた。

反対側には四人掛けの椅子とテーブルが置かれ、ふたりはいつもここで過ごしているようだ。

他に仁科、大原それぞれの部屋とベッドルームがあるという。

その大原の仕事部屋に案内してもらい、「うわ」と思わず声を上げた。

作りつけの本棚が壁一面を覆っている。

天井から床までぎっしり本が並べられ、壮観だ。窓際には濃いブラウンのデスク。そこで大原は仕事をするのだろう。

長椅子とオットマン、ちいさなテーブルもあった。

室内は深い緑でまとめられており、なんとも落ち着く。執筆中目を休めるためにか、青々とした葉を茂らせるドラセナがデスクそばに鎮座していた。

小説家の部屋なんて初めて入った。

まるで秘密基地みたいだとどきどきしていると、大原と仁科は本棚に向かい、「このへんに関連本があったような……」「届かなかったら俺が取るよ」と言い合っている。

ごそごそとあちこち探り、求めていた本は一番右端、窓際の書架の下段にあったようだ。

「見つけた、これだ」

かがんだ大原が大判の本を引き出し、ふっと埃を払う。それをデスクに置き、三人でのぞき込んだ。

黒表紙は革でできているのだろうか。

艶めいていてしっとりし、厚みがある。だいぶ経年しているのだろう。

本の四隅が白っぽくなっていた。表紙は麗々しく金色の飾りがつき、なにやら文字が刻み込まれているが、長い年月ひとびとの手に渡ってきたせいで薄れてしまい読めない。

「二百年ほど前のヨーロッパ情勢を記した一冊なんだ。とても希少な本でね、古書店でもほとんど見つからない」

「それをなんで大原さんが？」

「つき合いの長い神保町《じんぼうちょう》の古書店に頼み込んでいたんだ。この手の本が入荷したら報せてくれって。貴族たちの間でしか出回らなかった本らしいから、もともとの数がすくないし、とても高価な稀覯本《きこうぼん》だ。そのぶん、いい革と紙を使っているから状態は良好なんだよ。ところでこの本、いくらしたと思う？」

大人の大原にしては茶目っ気たっぷりな表情で訊《き》いてくるので、「五万……は安いですよね、十五万円ぐらいとか？」と返すと、大原はくすりと笑う。

「なんと八十万円」

「え、マジで？　そんな高い本なんだ」

「そんな高価な本、いいんですか。見せていただくのって……」

仁科とふたりして驚いた。

こういうのもアンティークと同じで、値段はあってないようなものだ。蒐集《しゅうしゅう》家が欲しければ言い値で是が非でも手に入れたいものなのだろう。

「本は読まないと役に立たないしね。俺も買ったとき一度しか読んでないからもったいない。ここに里央君の求めている情報があればいいんだが……とりあえず、なにから調べればいい？」

「オーエリンという国があったかどうか。そして、クラウスというひとが国王であったかということです」

「わかった。ちょっと時間がかかるから、その間ふたりはリビングでお茶でも飲んでおいで」

「了解。里央、おいでよ。美味しいハーブティーがあるんだ」

「ありがとう。大原さん、よろしくお願いします」

「請け負った」

そう言うなり大原はデスクに向かい、本のページをめくっていく。

ちらっと見たかぎり、細かで流れるような横文字がびっしりとひしめいている。知識がない者にとってはお手上げの一冊だ。

仁科にうながされてリビングでふたり、お茶を飲むことにした。

同じカフェ勤めである仁科もコーヒーや紅茶を淹れるのがうまい。

慣れた手つきでキッチンカウンターに並ぶ缶からひとつ手にし、茶葉をポットに入れて丁寧に湯を注いでいく。

出されたのは爽やかな香りのするミントティーだ。アイスで飲んでも美味しいが、冷房の効いた室内ならホットがいい。

ソファに並んでそれぞれお茶を啜り、「迷惑かけてごめん」と里央が言うと、「なんのなんの」と仁科が笑いかけてくる。

「俺も気になってたしさ、単なるお節介。あれから毎日夢に出てくるのか？」

「昨日で連続二日目。でも、おかしいんだよ。現実ではたった二日しか経ってないのに、夢の中ではもっと時間が進んでた。夢の中では一週間も過ぎてたんだよ。次にもし見られたら……一か月過ぎててもおかしくない」

「他にはなにか変化があったか？」

「夢の中の相手……クラウス様も僕のことを覚えていた。カイエンさんやアネットさんというお仕えの者もやってきて、いろいろとお世話してくれたよ。考えれば考えるほど妙なんだ……整いすぎている夢というか。普通、夢の中で出会う人物と意思の疎通なんてないよね？　いつか見た夢をもう一度見るってことはたまにあるけど、連続性があって、向こうの世界にも時間が流れている。相手も、生きてるんだ」

言ったそばから、自分の言葉に戸惑う。

──向こうの世界。

無意識に口にしていたが、その言葉が異様にもしっくりといまの状況に当てはまる。

夢の世界はこころの奥底に秘めた願望が解き明かされるとも、脳内の記憶の処理とも言われるが、クラウスはどちらともつかない。

あの肖像画を通して、自分はもうひとつの世界と繋がったんじゃないだろうか。無論、断言はできないが、理屈だけではどうしても片づかない。

ぽつぽつとそんなことを話すと、仁科もティーカップを口に運びながら「うーん……」と唸《うな》っている。

「まるで魔法の世界だな。夢を通してべつの世界と繋がる？」

「冗談みたいな話だって自分でも思うけど。……その、クラウス様に言われたんだ。『君は運命の番だ』って」

「ほんとうに？」

「うん。……キスも、した」

「その感触覚えてる？」

「はっきり覚えてる。僕の頬に触れてくれた指も、抱き締めてくれた手もなにもかも鮮やかなままこの身体に残ってる。……僕、おかしくなったのかな」

不安めいた言葉を漏らすと仁科は苦笑し、「そんなことないよ」と肩を軽くぶつけてきた。

「にわかに信じがたい話ではあるけれど、昔から不思議な出来事や人物っていうのは絶えないしね」

「仁科君、否定しないの」

「否定はしきれない。慎一さんの仕事をそばで見てると、怪異現象に遭うわけじゃないけど、常識では計れない物事にぶつかることがある。たとえばさ、身近な例で言うと、アルファとオメガが惹かれ合って運命の番になるってことも不思議と言えば不思議じゃないか？　ひと目惚れと言ってしまえばそれまでなんだけど、オメガの俺には子宮があって、発情期もある。それがたったひとりの番に会うとその相手にしかフェロモンを発さなくなる。自己防衛のひとつかもしれないけどね。自分の身体の仕組みがすべてわからないように、この世界に俺たちの知らないことはまだまだ数え切れないほどあると思うよ」

　それが、べつの世界の存在を即座に肯定するということに繋がるわけではないんだけど、と前置きして仁科は続ける。

「もし、また同じ夢を見て、相手との仲が進展しているなら里央の言うこともあながち冗談じゃないのかもしれない。……なにか、なにかその世界の物をこっちに持ち帰ってくることはできないかな」

「物？」

「そう。いまのところ、里央の記憶だけが頼りだから。夢の中でべつの服に着替えても、起きたときはパジャマに戻ってるんだろう？　もしそのクラウス様がいる世界からなにかを持ってこられることができたら、一気に真実味が増す。意識して、向こうの世界に存在する『なにか』を持ってくることはできないかな」

　そこまで熱心に話し込んでふっと息を吐き、仁科は、ははとちいさく笑う。

「なんだか、俺も引きずり込まれそうだな。里央が下手な嘘をつくたちじゃないってわかってるから……すこし不安でもあるよ。その世界で危ない目に遭ったりしてないか？　クラウス様というひとはおまえの味方か？」

「その点は大丈夫。カイエンさんというひとは僕を疑ってるところがあるけど、悪いひとじゃない。アネットさんも親切だった」

「だったらまだいいかな……でも、用心するに越したことはないから。次に夢を見たときは、なにか持ち帰ると強く意識してみて」

「わかった。やってみる」

　そんなことを話しているところへ、仕事部屋から大原が出てきた。眼鏡を外し、鼻の付け根を揉んでいる。

「手がかりが摑めた。と言ってもまだほんのすこしなんだけど」

「ほんとうですか！」

　思わず中腰になってしまう。

　まあまあと里央を落ち着かせ、「俺にもお茶淹れてくれる？」と仁科に頼む大原はソファの端に座り、ローテーブルに先ほどの本を開いた。

ぱらりとめくれるのは羊皮紙だろうか。渋みのあるいい色合いに染まっている。

「俺でも解読するのはかなり難しい。ほんとうは専門の学者に依頼するのが一番いいんだけど、とりあえずわかったことを説明するよ」

「お願いします」

「オーエリンという国は確かにあった。二百年ほど前に、いまで言うドイツとイタリアの端境にあったとてもちいさな国だ。いまの地図で言うとたぶんこのへん」

スマートフォンで世界地図を表示し、ヨーロッパのあたりを見せてくれる。

「オーストリアよりもオランダよりももっともっとちいさな国だったと思う。フランスやスペインも近かったから、幾度の戦争に巻き込まれて消滅してしまったらしいね」

「そう、……なんですか」

クラウスも言っていた。隣国同士の争いに巻き込まれているのだと。

告げられた言葉に想像以上の動揺を覚える。

いまはもう亡い国。

地図からも、歴史からも消えた国。

だったら、里央が見た夢の世界が実在していたとしたら、クラウスはどうしたのだろう。どこへ行ったのだろう。

「クラウスの名もあったが、そこがいまいちまだ解読しきれていないんだ。もうすこし時間が欲しいんだけど、いいかな」

「大丈夫です。かえってすみません。お仕事忙しいでしょうに、面倒なことをお願いしてしまって」

クラウスの名も記されていたと知り、動揺しながらも恐縮すると、仁科が淹れてくれたお茶を美味しそうに飲む大原はにこりと微笑む。

「いい気分転換になるよ。こういう機会でもないとこの本も日の目を見ないままだしね。ちょうどいま仕事の谷間だから、明日も調べてみる。なにかわかったらすぐに連絡するよ」

「ありがとうございます。助かります」

「ちょっと話が聞こえたんだけど、そのクラウスはアルファで、里央君を番だと言ったのか？」

「……はい。僕には一生巡り会えない相手だと思ってたんですけど……いままで会ってきたアルファの誰とも違いました。指を触れ合わせただけで、息が詰まるような熱がなだれ込んできたんです。ほんとうに夢だったらそこで目が覚めてしまうほどの衝撃的な熱が、僕の中に」

「ふうん……キスした？」

「し、ました」

頰をじわりと赤らめ答えれば、大原は目を輝かせながら顔をのぞき込んでくる。

「悪い気はしなかったみたいだね。君もそのクラウスにとても強く惹かれているみたいだ。次に夢を見ることがあったら、一線を越えたりして」

「そんな」

声がつっかえたが、――オーエリンはすでに滅んだ国なのだと知ったばかりだ。実在したクラウスの行方もわからない。大原の調べたところによると二百年前に現存した人物。里央の生きるこの世にはすでにいないことになる。

彼と繋がれるのは時空を超えた夢の中だけ。そう思うと言葉にならない寂しさが去来する。

実体のない相手を好きになってしまった場合、この想いの行方はどうしたらいいのだろう。

あちらから『なにか』を持ってくることはできるかもしれない。強く願えば。

でも、クラウスは？　クラウス自身を持ってくることは不可能だろうか。

黙り込んでしまった里央の胸中を悟ったのだろう。

大原が頭をかき、「ごめん、変なふうにからかって」と呟く。

「嫌な気分にさせるつもりじゃなかったんだ。配慮が足りなかったね。ほんとうにごめん」

「いえ、僕のほうこそ厄介ごとを持ち込んですみません。大丈夫、です。まだ夢を見るチャンスはあると思いますから」

「それでこそ里央。俺たちも協力するからさ、頑張ろう」

「ありがとう」

しっかりと頷く里央に、大原と仁科がほっとした顔をする。

深いくちづけを交わした――互いの唾液を混ざり合わせるほどの濃密なくちづけを。

腰を抱くクラウスの手の強さをいまでもしっかり覚えている。あのまま進んでいたら、自分はどうなっていただろう。クラウスに組み敷かれることを喜んで迎え入れたんじゃないだろうか。

そんなことを考えていると身体が自然と火照り、もぞもぞしてしまう。

「遅くまでごめんなさい。今日はいったん帰りますね」

「早く帰ってクラウスに会いたいよね」

「う……すみません」

図星だ。それに焦燥感があった。

今夜眠っても、またクラウスと会えるとはかぎらない。絶対というわけではない。早く家に帰って眠りたい。

こうしているうちにもじわじわ体温が上がり、待ちきれない。

大原と仁科に礼を言って辞去し、足早に自宅へと戻った。風呂に入る間も気もそぞろだ。会いたい、早く会いたい。

眠ったら――いや、向こうの世界で目が覚めたらまたクラウスに会えるだろうか。

絶対に、会える。

濡《ぬ》れた髪をドライヤーでざっと乾かし、ベッドにもぐり込んで肖像画を見つめる。

優美な微笑はまるで誘っているように見えた。

「クラウス様、会えますよね？　僕が見るあの世界でなら、あなたは、生きてますよね……？」

願うように囁き、里央は枕に頭を落ち着けて瞼を閉じた。

6

炎が揺らめいていた。

銀の燭台で燃える蠟燭にじっと見入っていると、背後から驚くような声をかけられた。

「まあリオ様！　こんなところにいらしたなんて」

ぱっと振り返ると、アネットだ。

前に会ったときと同じ、紺の簡素なドレスに清潔な白のエプロンを着けている。その顔は里央に久しぶりに会えた喜びで輝いていた。

「しばらくお姿が見えないと心配しておりましたのよ。今宵こうしてお目にかかれるなんて」

「あ、あの……ここは」

「あなた様のお部屋です。陛下がリオ様のために空けたお部屋。覚えていらっしゃいませんか？」

そう言われてみれば、覚えがある。

こぢんまりとしているが居心地がよい部屋は、城内で里央が過ごしやすいようにとあてがってくれた一室だ。

昨日、ここで眠り、現実に引き戻されてしまったのだ。

タッセルでまとめられたカーテンの向こうは宵闇が広がっている。遠くからざわめきも聞こえてくる気がする。

「とにかく、ちょうどいいときにいらっしゃいましたわね。さあさ、お着替えになりましょう」

「着替え？　なにかあるんですか」

「ふふ、きっと驚きになりますよ。いつリオ様がいらしてもいいようにと陛下がいろいろと用意してくださっています。お着替え、お手伝いしますね」

ぼうっとしている里央はアネットに言われるがままパジャマを脱ぎ、下着一枚でもじもじしていたが、侍女は手慣れた様子でてきぱきとシャツや丈の合った下衣を穿かせていく。

襟元が高いフリルシャツのボタンを留めてもらい、裾の長い黒のジャケットを羽織る。

「さあ、鏡の前に腰掛けてください。髪を整えますから」

うながされて背の低いチェストの前に置かれた椅子に腰掛け、「わ」と声を上げてしまった。

黒の正装に身を固めた華やかな自分がそこにいた。

アネットが髪をうしろに撫でつけ、きらきらした金の粉を振りかけて黒髪を目立たなくさせたあと、美しい刺繍が施された仮面をあてがってくる。

「この仮面は……」

「今夜はそういう催しなのです。リオ様のお綺麗な顔を仮面で隠してしまうのはもったいないですけれど、……ああ、秘密めいた雰囲気が出てとても素敵です」

黒の絹でできた仮面をつけた自分にまじまじと見入った。

こんな格好、したことがない。だけど上衣も下衣もサイズがぴったりだ。クラウスが誂《あつら》えてくれたのだろう。いつ、サイズを測ったのだろう。

――抱き締められたときにわかったんだろうか。

ひとり顔を赤くしていた里央の背中をアネットがぽんと叩《たた》く。

「できあがりました。リオ様、どうぞ早く大広間にいらしてください」

「クラウス様もいらっしゃいますか」

「もちろんです。最初にリオ様のお手を取るのはきっと陛下ですわ」

アネットに導かれて部屋を出て、外廊下を通り、賑やかなほうへと向かっていく。

秘密の客人として招かれている里央だが、仮面をしているならば大丈夫だろう。髪も撫でつけてもらったし。

「楽しんできてくださいませね」

比較的ちいさめの扉を開け、アネットが笑顔で送り出してくれる。

その先に待つのは大広間だ。正式な大扉はべつのところにあるのだろう。柱の陰に隠れたような扉からするりと入り込み、息を呑む。

色、色、色の洪水。

ひとびとの笑う声、グラスが触れ合う音。

花のように散らばるのは女性たちのドレスだ。

ピンクにブルー、イエロー、グリーン。それを引き立てるように男性たちのシックな燕尾服がひしめいている。

なにかのパーティなのだろうか。

皆、一様に仮面をつけていた。

誰が誰ともわからぬ場所で優美なヴァイオリンとチェロが響き渡り、ひとびとは手に手を取って踊り出す。

ぽんと誰かに背を押された感じで、里央もおずおずと輪の中に入っていく。

誰の手を取ればいいのだろう。

女性、男性区別なく踊っている場で、ぎこちなくくるりとターン。

視界は狭められていて、周囲がよく見渡せない。すぐに手を捕らえられる。

骨組みのしっかりとした手。

身体を向かい合わせたとき、「……リオ！」とちいさく驚く声が耳朶《じだ》を打った。

あっと目を瞠れば、豊かな黄金の髪、それに煌めくブルーアイズ。

クラウスの腕の中だ。

生きていた。生きている。これがたとえ一時の夢だとしても、クラウスの手が温かい。

そのことに一気に感情が昂《たかぶ》り、思わず彼に抱きついた。クラウスも驚いていたのだろう。

やさしく里央を抱き留めるとゆるやかにステップを踏みながら背中を撫でさすってくる。

「また会えると信じていたよ。一日千秋の思いで君を待っていた」

「僕はまたあなたの前から消えていたんですか？　どれぐらい？」

「三か月ほどだ」

「そんなに……三か月も」

自分にとっては三度目の夢なのに、こちらでは時間の流れが早すぎる。それでもクラウスの声は変わらずやさしくてほっとする。

そういえば、とあらためて気づいた。

裾の長い黒の上衣を着た彼は正装をしており、目元を覆う仮面をつけている。

黒い絹でできた仮面には色とりどりの宝石が埋め込まれ、王の美貌をより際立たせていた。

深い蒼の蕩けそうな瞳が自分ひとりに注がれているのを感じて、ぎこちなく彼の動きに合わせた。

誰も彼もが美しい仮面をつけて踊っていた。楽しげなさざめきの中、優雅に衣擦れの音がする。

ぐるりと見渡すと大きな広間だ。

天井が高く煌めくどっしりとしたシャンデリアが幾つも垂れ下がり、足元は深紅の絨毯。ここもクラウスの王城の中なのだろう。

大勢のひとに紛れる中で、里央もたどたどしくステップを踏むたびに長い裾が背後で優雅にひらめく。クラウスほどではないけれど。彼のリードが巧みだから、なんとかついていけていた。

「まさかこの舞踏会に紛れ込んでいるとは思わなかったよ。リオは神出鬼没だね、まったく。でも二

度も目を離した私が悪い。今夜こそ手を離さないよ」

「クラウス様、……はい」

三度出会えた嬉しさとせつなさで胸がぎゅっと締めつけられる。最初はただただ絵にひと目惚れしただけだったのだけれど、こうして直接言葉を交わし、体温を感じているとすこしずつ愛情が胸の中で芽生えていく。

それもこれも、クラウスがいつもやわらかな笑みで迎えてくれるからだ。

――このひとが怒るところなんて想像もできないな。

ちいさく微笑み、腰を抱いて踊るクラウスに背伸びをして囁いた。

「これって、なにかのパーティなんですか？」

「不詳の弟の誕生祝賀会なんだよ」

「弟さんがいらしたんですか」

「ああ。二歳下の弟。妹も三人いるが、皆すでに嫁いでいった。弟も婚姻が近々決まりそうでね、その内祝いも兼ねているんだよ。リオ、君が客として来てくれてほんとうに嬉しい。そのうえ、私のパートナーだ」

「陛下のパートナーを男の僕が務めてもいいんですか？」

「周りをごらん。男性、女性同士でも踊っているだろう？　バースで惹かれ合う者は男女の区別なく恋をする。それが当たり前の世界だ。それに、仮面をつけている間私はただの男だ」

　クラウスはしっかりと里央の腰をホールドし、ひとつターンを決めさせたあと、ぐっと引き寄せてくる。

　そこで曲は終わり、あちこちで笑い声が弾けた。

「陛下、楽しゅう夜でございますわねえ」

「久しぶりにこころから存分に踊りましたよ。弟君のおかげですな」

「あら、その子は」

　いっせいに集まってくる紳士淑女から里央を守るようにクラウスが肩を抱き寄せてきて、「私の特別な客人なんだ」と言い、「あちらの小部屋で休憩しよう」と囁いてくる。

「皆さん、引き続き楽しい夜を」

「陛下も。あとで私のお相手をしてくださいね」

「私もぜひ」

　男性も女性も次々に笑顔でクラウスに話しかけてくる。

　ここにいるひとびとは皆、若き国王を敬愛しているのだと里央にもわかる。それほど皆の笑顔は自然だった。

　あれだけ軽やかなステップを踏むクラウスのことだ。踊りたいと願う者は多いのだろう。

　彼に背中を支えられ、広間の片隅にある小部屋へと向かう。

　そこはどっしりと重いカーテンで仕切られており、ひそやかな話をするのにうってつけの場所だ。

シャンパンが入ったフルートグラスを持ってこさせたクラウスはふたりきりになるとカーテンを閉じ、半円形のソファに腰を下ろすよう誘ってくる。

わずかに隙間を空けて座ろうとすると、くちびるを尖《とが》らせた彼に肩を抱き寄せられた。

「リオ、そんなに離れないで。私のそばにおいで。君をどれだけ待ちわびたか、君にはわかるかい？　わからないだろう。前もその前も君は私の元から一瞬にして飛び立ってしまう。痕跡ひとつ残さずに煙のように。どんな魔法を使っているんだい？　カイエンにも入念に調べさせたがリオを見つけることはできなかった。――君はいったい、いつもどこから来てるのかな」

彼も偶然の出会いに気が昂っているのだろう。

ひと息に喋り、里央がまごまごしているのを見るとやっと表情を和らげ、「すまない」と呟く。

「リオのことになるとどうも私は気が急《せ》いてしまうみたいだ。さあ、とにかく再会に乾杯しよう」

「はい」

グラスを触れ合わせ、爽やかな味わいのシャンパンで喉を潤す。

踊っていたからか、喉が渇いていた。

あっという間に半分ほど飲み干すとやっと人心地がつき、小部屋内を見回す。ちいさな卓の上には精緻《せいち》な飾りが施されたガラスポットに入れられたキャンドルがひとつ。

肩を抱かれたままだから、互いの距離が近い。

「ほんとうに――君はどこからやってくるんだい？」

「どこから……なんでしょう。僕自身にもうまく説明できないんですが……前にもお話したとおり、あなたの絵を買ってから毎晩夢を見るんです。そこでこんなふうにしてあなたと会う」

「だとしたら、いまのほんとうのリオは眠っている？」

「そうだと、思いますが……っいった」

きゅっとやわらかに頰をつねられ、笑ってしまった。

「痛くて目が覚めるわけではない。ここにいるリオはちゃんと痛みを感じてもまだ存在している。どういうことなんだろう」

「ほんとうに、どういうことなんでしょうね……」

自分でもわけがわからないから口調が曖昧になる。それを咎めずクラウスはシャンパンを啜り、楽しげに顔をのぞき込んできた。

「この三か月、私は毎日リオを探したよ。城の中だけじゃない。城下町も訪ねた。でも、誰ひとり君を知っている者はいなかった。小鳥は夜眠るものだけど、君は時間を問わず羽ばたける羽根を持っているようだね、リオ」

「小鳥だなんて、そんな可愛いものじゃありません」

軽い泡がくちびるをくすぐるおかしさに微笑むと、クラウスは愛おしげに目を細め、頰擦りしてくる。

髪にも顔を埋め、「いい香りだ」と呟く。眠る前にしっかり髪を洗っておいてよかった。

「僕にとってはまだ三日目ですが、ここではもう三か月が過ぎているんですよね。クラウス様はお元気でしたか？」

「ああ、それなりに。君がいない寂しさをのぞけば――そうだな、ただ、いろいろと懸念事項はある」

「どんなものですか。僕でよければ聞かせてください。誰に話すこともないし」

「そうだね……君はどこからともなくやってきて不意にかき消えてしまう小鳥だ。胸の裡《うち》を明かすのにはぴったりかもしれない」

　華やかな笑みから一転、憂えた瞳でクラウスはグラスを傾ける。

「この三か月で、我が国はますます緊張状態を強いられている。前にも話したね、両隣の強国に攻め込まれそうだと」

「はい」

「私は前王に比べると軍事力に劣るが、そのぶん、外交に力を入れている。今夜の祝賀会もそうだ。弟のロイドを祝うために、両国からも重鎮や貴族が訪れている。一種の和平交渉だ。どちらか片方だけを招けば疑わしく思われる。しかし、双方顔を合わせれば緊張状態になるのは目に見えていたよ。でもね、私は賭《か》けてみたんだ。生を祝う日ぐらい、日頃のいがみ合いを忘れてただ楽しく語らい、踊ることができるのではないかと。仮面付き、ではあるがね」

「仮面がそれぞれのプライバシーを守っているんですね」

「そうだ。顔かたちがあやふやであれば、グラスを触れ合わせることもできるだろう。もちろん、深いところまで話せば互いの立場が明らかになってしまう。そこに皆注意を払ってはいるが、いまのところうまくいっているみたいだ」

「それはよかったです」

身を乗り出して、カーテンの隙間から向こうの様子を窺ってみる。

離れた広間は終始明るい声でざわめいており、クラウスの憂慮も晴れるのではないだろうか。

「弟君のロイド様というのはどんな方なんですか？」

クラウスとそう歳が離れていないのだから、さぞかし仲がよいのだろうと思った。しかし。

彼の柳眉に難しそうな皺が刻まれた。

「母が違う弟なんだ。すでに結婚している妹たちもそう。前王の第一妃の嫡男は私だけで、母は私を産んですぐに命を落とした。身体が弱かったひとだと聞いている。前王……父王は大層嘆き悲しんだが、周囲の薦めもあって、同盟国のひとつから第二妃を嫁がせた。彼女から産まれたのがロイド、そして妹たちだ。第二の母も私を我が子のように愛おしんでくれたが、やはり流行病で若くして去ってしまったよ。ふたりとも、オメガだった。ずば抜けた美しさを誇り、アルファの子を産む確率が高いと言われるオメガだが、出産は身体に大きな負担がかかったんだろうね……。私たちは父王と侍従たちに育てられたようなものなんだよ」

ロイドは、と言ってクラウスはちいさなため息をつく。

「私とは正反対の男だ。剣術に長けていて度胸もいい、前王譲りの顔をしている。会えばすぐにわかる。私とはまるで似ていないとね」

その声にどことなく寂しさがこもっているのを聞き取り、里央は思わず身体を寄せていた。

温かな脈動が伝わってくる。

彼の力になりたい。微力ながらでも支えになりたい。

「たとえ父上とお顔立ちや性質が違っていたとしても、クラウス様がどんなにおやさしい方か、僕はよく知っています。氏素性もわからない僕を助けてくださったじゃないですか」

「やさしい性格が仇《あだ》となることもあるんだよ。私のやさしさは気弱さの裏返しかもしれない」

瞼を伏せて笑う彼をどうにかしてやりたかった。

ロイドには会ったことがないけれど、この若き国王は優秀な弟と己を比較し、つい自嘲《じちょう》してしまうのではないだろうか。

里央にだってその気持ちはわかる。

自分には持っていない魅力を備えた人物——たとえばそう、仁科のように快活で包容力がある男を見ると、たまに焦りを覚える。

彼にはもう大原というパートナーがいて、なんの申し分もない。

愛し愛され、支え合っていく彼らを見て素直に羨ましいなと思うのだ。いつか自分にもパートナーができたら落ち着く気持ちだろうが。

しかし、他者と自分を比べて嘆くというのもなかなかつらいものである。

せっかくよくしてくれている相手に嫉妬めいた感情を抱く自分が卑小に思えてならないのだ。

「クラウス様」

なにか気晴らしをさせてやりたくて、彼の腕にそっと手を絡めた。

「あの、ちょっと抜け出せたりしますか？」

「いまかい？　まあ、そうだな、一、二時間ぐらいは。今日の主役はロイドだからね。どうかした？」

「ここから城下町って遠いですか。せっかくだから、見てみたいなと思って」

「いまから町に？」

突拍子もない申し出にクラウスは考え込むが、やがて、「うん」と頷く。悪い誘いではなかったようだ。

「今夜は町も弟の誕生日ということでお祭りなんだ。民も仮面をつけてはしゃいでいるに違いない。よかったら案内しようか」

「ぜひ。あ、カイエンさんにバレたら怒られるかな」

「私が代わりに怒られよう。だったら着替える必要があるね。軽装でマントを羽織って、馬に乗っていこう。私の手綱さばきはちょっとしたものだよ、リオ」

「楽しみです」

わくわくしてきた。

クラウスにとってこのパーティは大事な職務のひとつなのだろう。外交が得意だと言っていたし。

しかし、始終誰に対しても笑ったりそつのないことを言っていたりしていたら疲弊してしまう。すこしでもいいから、気晴らしをさせたかった。ふたりとも仮面をつけたままだし、城下町もお祭りの夜ならば溶け込めるんじゃないだろうか。

そうとなったらクラウスの行動は早く、里央の手を取ってそっと小部屋を抜け出すと客たちの目を免れて私室へと戻った。

途中、長身の男と鉢合わせした。

金の髪に刺すようなブルーアイズ。クラウスよりは幾分か背が低いが、がっしりとした体格だ。

男を目に留めるとクラウスは足を止め、さりげない口調で話しかける。

「ロイド、おまえも休憩していたのかい？」

「ええ、すこし夜気に当たりたくて。もう戻りますよ。兄君は？　今夜の祝賀会を催してくれたのは兄君なんですから、一緒にいてくださらないと。アルドもシュナイダルも重臣をよこしていますよ。彼らの裏をかいてすこしでも戦略を練らないと」

低い声の持ち主が弟のロイドか。

髪や目の色はふたりともどことなく似ているが、纏う雰囲気が違いすぎる。

ロイドは王族というよりも軍人めいた厳つさを漂わせていた。

柔和に微笑む兄のクラウスの横に隠れるようにしている里央を見やり、「その少年は？」と冷たい声音だ。

「彼は私の私的な客人だ。リオという」

「黒の髪に黒の瞳……めずらしい。どこの国の者だ」

「ロイド、野暮はことは言わないでくれ。彼は私にとって大切なひとなんだ」

「この少年が？　兄君はなにを言っているのですか。大切なひとというのは、未来の婚約者に贈る言葉でしょう。このどこの者とも知れぬ少年に与える言葉では――」

なおも言い募りたそうなロイドをやんわりと制し、クラウスは里央を安心させるように肩をやさしく抱き寄せる。

「こんなところで油を売ってないで、おまえは広間に戻りなさい。今夜の主役はおまえだ」

「ですが」

「私はすこし騒ぎに疲れたのでね。休ませてもらうよ」

「兄君」

いまにも追いかけてきそうなロイドを振り切り、クラウスは足早に歩き出す。

「――いまのが、ロイド様ですか」

「そう。まるで違うだろう？」

「いえ、顔かたちはやはりどこか似ていますが、なんと言えばいいか……雰囲気が……」

まったく違うとは言いがたいけれど、威圧的な気がする。

振り返ればロイドがまだそこに留まっていて里央を凝視している気がしたから、そそくさと立ち去ることにした。

話に聞いていたとおり、血の気の多い男のようだ。

今夜招いた隣国の賓客の裏をかく、そう言っていた。ロイドは存外策略家なのだろう。

もやもやとしたものが胸に残るが、振り仰ぐクラウスはまっすぐ前を向いていたから、いま問いただすべきではないと判断し、里央もおとなしく隣を歩く。

私室の前に立つ衛兵には片目をつむり、「ちょっと出かけてくるよ」とクラウスが言う。

「では護衛を」

「必要ない。すぐに戻るから」

「しかし、せめてカイエン様だけでも」

「大丈夫だよ。一時間ほどで戻ってくる」

国王直々に言われてしまえば家臣も黙る他ない。「重々お気をつけくださいね」と言い含められ、ふたりしてシャツと下衣に暖かい外套《がいとう》を羽織り、念には念を入れてマントを羽織った。

これで夜陰に紛れられるだろう。

里央のいる世界ではまだ夏だが、こちらはもう秋が深まっている。

クラウスに聞けば十一月に入ったばかりだという。

夜ともなれば冷え込むので、クラウスに借りた裾の長い外套は軽くてとても暖かい。

品行方正に見えるクラウスでもたまにお忍びで出かけることはあるようだ。慣れた感じで厩舎《きゅうしゃ》へと里央を連れていく。

馬番をしていた世話係と話をつけ、鞍《くら》と鐙《あぶみ》をつけた一頭の栗毛の駿馬を連れて出てきたクラウスはまず先に里央を乗せ、それからひらりと前に飛び乗る。

祝宴の賑わいが闇の深いここまでうっすらと届いていた。

「行くよ。しっかり私に摑まって」

「はい」

背中にぎゅっと抱きつくなり、馬が駆け出す。

冷たい夜風が頬を斬りつけていくが、広い背中に顔を押しつけていれば安心だ。彼が言ったとおり手綱さばきは見事なもので、クラウスの住まう城から町へと続く裏道を栗毛の馬はしっかりとした足取りで駆けていく。雲が立ち込め、星は見えないが、いい夜だ。

「馬に乗ったのは初めてです。すごく温かい」

「だろう？　この馬は私が一番可愛がっているんだ。眠れない夜はハープを弾くか、こっそりと馬で出かけるか。ささやかな息抜きだよ」

城下町の灯りが近づくにつれ、クラウスの声も弾んでいく。

馬の胎動を感じ、冬の訪れを感じさせる夜気に身を浸しているだけで、彼とともに自由になれる気がする。

勤め慣れたカフェとはまた違うあの広間の賑やかさ。誰もが仮面をつけて踊っていたが、本心まではわからない。

あの場にはクラウスが頭を痛めている隣国の重鎮も、気がかりな弟もいたはずだ。目元を覆い隠して一夜のパートナーを探すスリルは確かにあるけれど、ずっといる場所ではない。

気が張り詰め、そっと抜け出して外の空気を吸いたいと思う者もいるだろう。

クラウスもそうではないか。

事実こうして里央を連れ出し、町のささやかな灯りを目指しているのだから。

麓《ふもと》に下りると茂みに隠れた小屋に愛馬を入れ、「しばらく待っていてくれよ」とクラウスが馬の鼻面を撫でる。賢い馬は二度三度頷く。クラウスの言葉がちゃんとわかっているみたいだ。

「さあ、行こう。はぐれないよう私と手をしっかり繋いで」

寄り添いながら手を繋ぎ、町の広場へと足を進めていった。

放射線状に広がる町のあちこちにはランプが灯り、大層賑やかだ。

赤茶けた煉瓦造りの家々が規則的に並んでいる。

お祭り、とクラウスが言ったのもよくわかる。夜なのに屋台が出ており、ひとびとに酒や料理を振る舞い、一番明るい中央では大勢のひとたちが輪になって踊っている。

「ここに来るとほっとする」

フードを被ったクラウスが口元をほころばせ、「すこし歩こうか」と誘ってきた。

「ちいさな国だが、よい民に恵まれている。気丈で朗らかで、我が国を愛してくれている」

「……ですね。来たばかりの僕でもわかります。皆、こころから楽しそうです」

変装しているとはいえ、国王陛下直々に町に下りているとわかったらせっかくの賑わいを失ってしまうだろう。

楽しい夜に水を差さないようひと混みに紛れて練り歩いていると、いい匂いが漂ってくる。

数歩先で焼いた鶏肉を串に刺して売っている店があった。香ばしいスパイスに鼻腔《びこう》をくすぐられていると、勘のいいクラウスが微笑し、「食べるかい？」と言う。

「城ではなにも食べていなかっただろう。お腹が減っているはずだ。食べよう」

「いいんですか？　あの、クラウス様だとバレるんじゃ」

「大丈夫だよ。あの店の主は私のことをよく知っていて、たまの息抜きに来たときも黙っていてくれる。――すまない、その焼き串を二本いただけるだろうか」

「はいよ、まいどあり！」

威勢よく返事をした恰幅《かっぷく》のいい店主は、フードからちらりと見える金の髪におやっと目を留めたが、なにも言わずにこりと笑い、熱々の焼き串を里央たちに手渡してくれた。

「お代はいつものようにしておきます」

「すまないな。すぐ帰るから。今日は楽しんでくれ」

「はい、あなた様も。こんな夜があるのもあなた様のおかげです」

「力を尽くすよ」

敬愛を込めた声に里央もほっとし、クラウスから焼き串を一本わけてもらう。

「冷めないうちに食べたほうがいい。歩きながら食べよう」

「はい」

ほんとうにお祭りだ。

フードを被って仮面をつけて、国王とふたり焼き串にかぶりつきながらそぞろ歩くのがなんと楽しいことか。

「やわらかくて、すごく美味しいです」

「だろう？　私もよく食べるんだ。代金はいつもまとめて月の最後に支払う。ここは城の食料を担う店のひとつだからね。こう見えても私は町で顔が利くんだよ」

茶目っ気たっぷりのクラウスに里央も笑った。

「でしょうね。さっきからちらちら視線を感じますけど、誰も声をかけてきません。わかっているひとはお忍びを楽しんでいるクラウス様の邪魔をしないようにしてるんでしょうね」

「寛容な国民でありがたいよ」

軽口を叩くクラウスとくすくす笑いながら焼き串をぺろりと平らげると、次はりんごを甘く煮付けた菓子にそそられてしまう。

そこもクラウスを慕っている店だったので、騒ぎを起こすことなく無事に買うことができた。

「ん、これも美味しい……！」

蜂蜜がたっぷりかかったりんごの甘さとほどよい酸味は癖になりそうだ。

夢中になって食べている間も、クラウスは広場を見渡し、穏やかな夜を味わっているようだ。

ひとびとが踊る中央では大きな篝火《かがりび》が焚かれている。

「……遠からず、この国は隣国のどちらかに吸収されてしまう。いや、踏み潰されてしまうかもしれない。そのときを安穏として迎えるなんて私にはできないよ、リオ。私には戦の才がないけれど、国を愛する気持ちに偽りはない。ロイドが言うには、あえて戦うこと、だそうだ。それは前王と同じ意見だ。戦い慣れていない民たちを犠牲にしてでも兵として鍛え、一線に出す。そうしてこの国を守るのだとロイドは言うが……正直なところ、それは完璧な負け戦になる。けれど、ロイドは血を流してこそが我が国の誇りだと言う」

ひとびとの踊る影が揺らめいている。

素朴でも精一杯飾り立てた民たちは皆仮面をつけ、手に手を取って踊っている。

独白めいた彼の言葉に里央も食べる手を止め、聞き入った。

「クラウス様のお父様も、好戦的だったんですか」

「ああ。いい父ではあったが、一度火が点くと止まらないたちでね。私や宰相たちがいくら止めても、戦を起こすべきだと息を引き取るまで言っていた。それをロイドも聞いていたから、父の遺志を継ぎたいんだろう。その気持ちはわかるが……この国の民は剣を持つのには慣れていない。皆、鎌や包丁を手にして日常の食卓を彩るほうが向いている。できることなら私は穏便に事を取りなしたい。そう思って今夜の祝賀会も開いたんだが……風向きはどうなるか、わからない」

揺れる影、薄れゆく影。どこかへと消えていく影。

それはこの国の未来を象徴しているのかもしれなかった。

己の非力さを噛み締めているクラウスの手を静かに摑んだ。

——この国は、いずれ消えてなくなる。歴史書にそう書いてありました。

冷徹にそう告げたら、クラウスはどんな顔をするだろう。驚くか、信じるか。

それとも邪心を吹き込むなと追い払うか。

里央自身がどこから来た者ともわからない状態なのに、こころの底を打ち明けてくれる彼についていたい。

いや、正体不明な者だからこそ、本心を晒け出せるのかもしれない。身近な者だと逆に猜疑心《さいぎしん》を持つことが往々にしてあるものだ。

気晴らしに、ひとの輪に交じって踊りましょうか、と誘おうとしたときだった。

ぽつんと冷たい滴が頰を打つ。

ふと見上げれば、夜空から銀糸のような雨がぽつぽつと降り注いでいた。

「降ってきたか。ひどい雨にはならないと思うが……」

「すぐに帰りますか？　マントもフードもあるし、僕は平気です」

「しかし、ここで君に風邪を引かせるのも困る。馬は小屋に入れてきたから大丈夫だろう。そこの宿で雨宿りをさせてもらおう」

そう言っている間にも雨脚が強くなってくる。風も冷たくなってきた。

通り雨だろうが、広場にいたひとびとも慌てて店の軒先に走り込んでいた。

里央たちが足を踏み入れた宿屋もクラウスのお忍びだとわかったようで、恭《うやうや》しく最奥の一室を提供してくれた。

簡素な木造の部屋だが、雨がしのげるだけで落ち着く。

部屋には寝台と衣装棚、ちいさなテーブルと椅子が二脚あるきり。

「この部屋にはありがたいことに風呂があるから、先に温まってきなさい」

「でも、クラウス様は」

「私はその間亭主に着替えを借りてくるよ」

そう言ってクラウスはすたすたと部屋を出ていく。里央を気遣わせないためだろう。

仮にも国王陛下なのにほんとうに身軽だ。

彼の言葉を素直に受け取り、雨に濡れた衣服を脱ぎ、下着姿で浴室へと向かう。

この時代にガスなどというものはないから、夜になったら客のために前もって薪《たきぎ》をくべ、風呂を沸かしてくれているのだろう。

床は菱形の模様のタイル張り。

白い陶磁器の風呂はゆったりとした広さで、多少古びてはいるが、存分に温まることができた。

ありがたいなと思う。突然の雨に降られても泊まる宿があり、着替えもある。

それ以前にも、里央の空腹を満たしてくれた店は幾つもあった。それらはすべて、クラウスの慈愛に拠《よ》るところが大きいのだろう。

民を愛し、平凡でも満ち足りた日常を送れるように、彼は弟とまた違った形で尽力しているはずだ。

足の爪先まで温まったところで、棚の上に載せられたタオルを手に取る。洗いざらしだが清潔で心地好い。

肌に散った水滴を拭っていると、浴室の扉を控えめにノックする音が聞こえる。

「扉の前に着替えを置いておくから、ゆっくりしておいで」

「ありがとうございます」

湿った髪を拭いながら扉を細く開け、床に置かれた白い服と下着を取り上げた。

広げてみると、膝を覆うほどの長さがある開衿《かいきん》式の夜着だ。

やさしい風合いは幾度も洗濯を繰り返したのだろう、丁寧に織られた綿だ。下着は新しいものをわざわざ用意してくれていた。

火照った肌に夜着を羽織り、ボタンをひとつずつはめていく。

ようやく浴室から出ると、クラウスは窓辺にテーブルを寄せ、ゴブレットにワインを注いでいるところだった。

テーブルには燭台が置かれ、蠟燭の火が揺らめいている。

「存分に温まったかい？　お湯の温度は好みに合ってたかな」

「文句なしです。クラウス様もお身体が冷えないうちにどうぞ」

「そうしよう。君はその間このワインでも呑んでおいで。とても軽くて美味しいから」

「わかりました」

入れ替わりにクラウスが浴室に入り、里央は椅子に腰掛けてゴブレットを両手で摑む。

ひと口含むと、甘い。舌触りもなめらかだ。

調子に乗ったら簡単に酔ってしまうなと考えていると、湯の跳ねる音が扉越しに聞こえる。

クラウスが湯を使っているのだ。

——素肌を晒して。

一気に鼓動が速くなる。

昨日——彼にとっては三か月前だろうが、濃密なくちづけを交わしたばかりだ。

雨のそぼ降る夜に、ふたりきり。

「番だって……言ってた」

湯の音に紛れる小声で呟き、ゴブレットのワインを呷る。

あのくちづけは、どんな意味を持っていたのか。もしもあの続きがあったとしたら。

火照った肌にじわりと酔いが回っていく。思いきってボトルごと飲み干してしまえば酩酊《めいてい》してしまえるだろうか。

いや、クラウスの前でみっともない真似《まね》はできない。

これは夢。あるいはもうひとつの世界。

もっともらしい説明をするとなれば、自分は夢の中で時空を遡り、クラウスと邂逅《かいこう》している。

その原因を考えれば——やはり、あの肖像画だ。

フリーマーケットであの絵を買い求めてから、毎夜この不思議な時間が訪れるようになったのだ。

眠っているはずなのにまるで現実かのような鮮明な夢を見る。

きちんと筋の通る言葉を交わし、互いの体温も感じている。

目が覚めてしまえばクラウスの姿は跡形もなく消えるけれど、あまりにも、あまりにもその存在は鮮やかすぎた。

だけど、いまのところ頼れるのは自分の記憶だけ。

そういえば、仁科がこんなことを言っていたっけ。

『もしクラウス様がいる世界からなにかを持ってこられることができたら、一気に真実味が増す』

なにか、なにか。部屋の中を見渡す。

なくなっても困らなそうなものがないものか。

宿の備品を勝手に持ち帰るのは良心が咎めるので、クラウスに相談してみよう。

たとえば、この燭台とか。強く意識すれば、自分の世界に持ち帰ることができるかもしれない。

クラウスの寝室に置かれているものよりはだいぶこざっぱりとしていて、手のひらに収まるシンプルなものだ。

燭台というより、ちいさな取っ手がついた小皿のような。

試しに持ってみると軽い。ぎゅっと握り締めることができる。

これをもしも持ち帰ることができれば、里央の世界とこの世界が夢で繋がっていることが証明できるのではないか。

そうこうしているうちに、クラウスが浴室から出てきた。

揃いの夜着を身に着けているが、彼のすらりと逞しい体躯を目の当たりにしてそわそわしてしまう。

「雨はまだ降り続いているみたいだね」

「はい。クラウス様もワイン、呑みますか」

「いただこうかな。図らずも君とふたりきりだ」

「雨がやんだらすぐに帰らないと。カイエンさんが心配します」

「パーティは朝方まで続くから大丈夫だよ。真夜中にこっそり戻ろう」

そう言ってクラウスは向かいに腰を下ろし、長い足を組む。そしてゴブレットを差し出してきたので、とぽとぽと音を立ててワインを注ぐ。

カチリとグラスの縁を合わせて、互いにひと口。

湯上がりだからか、クラウスの肌がほんのり朱に染まっている。きっと、自分の目元も同じようなものだろう。

薄い夜着を互いに身に纏い、向かい合っている。それだけでもう心臓が破裂しそうだ。

クラウスの蒼い瞳を真正面から受け止めることに身動ぎ、「あ、あの」と声を絞り出す。なにか話していないと間が持たない。

脈がいつもより速いのはワインのせいか。クラウスのせいか。

先ほど思案していたことを彼に打ち明けてみた。

この銀の燭台を持ち帰ってみたいと。

「僕にとって、これはまだ夢のような気がするんです。いつも目が覚めてあなたが隣にいない。記憶でしか、クラウス様を留めておけない。でも、あなたにとってはこれが現実なんですよね？」

「ああ、間違いなく。いまリオは私の目の前にいる」

クラウスが不意に手を摑んできて、しっとりとした指先を擦り合わせてきた。

息が浅くなり、頭がくらくらしてくる。

ひょっとして、この目眩は酒のせいだけではなく、ヒートの前触れじゃないだろうか。

三か月ごとに訪れるヒートにはまだ間があるはずだが、ここ数日はクラウスのこともあってすっかり失念していた。

時折、発作のように軽いヒートに見舞われることもある。たいてい数時間もすれば治まるのだが、ひとたび身体が熱くなるともう止めようがない。

違う、これはヒートじゃない、ただの動悸《どうき》だと己に言い聞かせるも、重なる指先から伝わってくるクラウスの熱が確実に里央を昂らせていく。

こんなところで発情したら目も当てられない。抑制剤もないからクラウスにも迷惑をかけてしまう。この時代のオメガたちは発情期をどう抑えていたのだろう。自分が住む世界にあるような効き目のいい抑制剤はまだ開発されていないだろうから、必死にひとり部屋に閉じ籠もるのか。それとも、パートナーに強く抱き締めてもらうのか。

——僕も、そうされたい。クラウスにこの熱をどうにかしてもらいたい。

それでも努めて平静を保ち、「試しにこの燭台をいただくことはできますか」と訊いてみた。

「それぐらいならいくらでも。私が亭主に話しておくよ。そんなものでいいのかい？　城に戻れば立派な燭台がいくつもあるが」

「あまり大きなものだと持ち帰れないかもしれないし……これなら、握り締められるし」

「そうだね。では、試しにやってみよう。リオがこれを持ち帰って目を覚ましてもそばにあったら、私との時間は本物という証拠だ。リオ、君が住むトウキョウというのはどんなところなのかな。ここととはまったく違う？　城や森は？　ひとびとは？」

「お城はほとんどありません。あっても、誰も住んでいなくて、国宝のような存在です。森はありますが、僕が住んでいる東京ではオーエリンのような深い森はめずらしいです。山奥に行けばもっとありますが……ひとびとは、皆、僕のように黒い髪、瞳をした者が多いです」

好奇心を煽られたらしいクラウスに次々に答え、ワインを啜る。いっそ酔い潰れて、ヒートなんかなかったことにしてしまいたい。

「いつか君の国にも行ってみたいものだな」

楽しげな声音がぐさりと胸を射す。

連れていけるものならいますぐにでもそうしたい。

オーエリンは、いずれ滅ぶ国。そこからクラウスだけでも連れ出すことができるのなら。

運命に背いた考えだろうかと己を戒めたものの、やはり寂しさは消えない。

だったら、自分がこの国に留まることができればいいのに。

クラウスが許してくれさえすれば、ずっとそばにいたい。

「もし君がまた消えて燭台も一緒に姿を消していたら、私にとってもやはり君とのこの逢瀬《おうせ》は本物ということになる」

「賭け……、ですね」

「ああ、生きていてこれほどの大勝負もまたとない。でも、君には二度と消えてほしくないな。君をまた失うなんて考えただけでおかしくなりそうだ。このままずっと私のそばにいればいい……リオ？」

里央と同じ想いを口にするクラウスを見つめる間に知らず知らずのうちに左胸を摑み、前のめりになっていた。右手はクラウスに握られたまま。そこからなだれ込んでくる熱の奔流が里央を狂おしくさせるのだ。

「クラウス、様」

「もしかして具合が悪い？　だったらベッドで休んだほうが――」

「いえ……あ、の」

この身体に起きている異変をどう伝えればいいのか。

彼にはオメガだと知られているから、突発的なヒートが来たみたいですとひと言言えれば簡単なのだが、それがどうしてもできない。

じっと彼のくちびるを見つめる。弾力のある、男らしいくちびる。

それがどんなふうに自分に触れてきたか思い出すだけで身体の芯に火が点きそうだ。

「……クラウス様……」

「リオ、君は」

数度目を瞬いて、クラウスがくちびるを引き結ぶ。そしてワインをひと息に呷り、立ち上がった。

近づいてきたクラウスが背中に手をあてがい、覚束ない身体を立たせてくれる。

「リオ、怒らないで聞いてほしい。もしかしたら君はヒートに見舞われているんじゃないのか？」

「……っ」

声にならないのが答えになったのだろう。

「薬は……ないし、宿にも置いていない。――リオ」

「……はい」

上擦る声で彼と懸命に目を合わせる。

わかってほしい、気づかないでほしい、この身体に渦巻く情欲を。

決意を秘めた目で、クラウスが里央の頤《おとがい》を指でつまみ上げる。

「私は悪い男だ。君の弱みにつけ込もうとしている」

「っ……クラウス、さま」

瞬きしたのもつかの間、ぎゅっと強くかき抱かれて、里央はその広い胸にしっかりと捕らえられてしまう。

もがこうにも足掻《あが》こうにもじんじんと甘やかに痺れる手足が言うことを聞いてくれない。

ただひたすら飢えた感じが繰り返し襲ってきて、喉が渇き、はくはくと口を開いたり閉じたりした。

「リオが欲しい」

「――……ッ」

強い声に胸が鷲《わし》摑みにされる。

脳内までも一瞬にしてぐちゃぐちゃになるほどの蠱惑的な響きに身体の力がくたんと抜け、彼に抱き締められるままだ。

「君が欲しい。出会ったときからずっと君が忘れられなかった。一瞬たりとも忘れたことはなかった。三か月前、なぜくちづけだけで終わらせてしまったのかと何度も悔いたよ。リオ、……どうか君を私にゆだねてくれないか。私たちは間違いなく番だ。身もこころも君は私の片翼だ、リオ」

求めている。求め合っている。

クラウスの鼓動の速さがそれを伝えてくれた。

だけどまだ羞恥と理性がわずかに残り、すべてを晒してしまうのには抵抗がある。

なんの経験もないのに、クラウスを受け止められるだろうか。

「案じているね、リオ。大丈夫だ。すべて私に任せてほしい」

やさしく笑むクラウスがゆっくりと髪を指で梳いてきて、あらわにした額にくちびるを押し当ててきた。温かなその感触に泣いてしまいたくなる。

これも、目を覚ましたら消えてしまうのだろうか。

そんなのはもう嫌だ。一時の激情でもいい。クラウスの熱をこの身体に刻んでほしい。

よろけながらも彼の背中に手を回してしがみつくと、クラウスの形のいいくちびるが深く重なってきた。

「……っん……」

里央の戸惑いを和らげるような穏やかなくちづけにたちまち虜になってしまう。

急速に意識がのぼせ、もっと絡みつきたくなる。

必死に背伸びをして胸にすがりつき、奥まで探ってくれるくちづけをせがんだ。

それが彼にも伝わったのだろう。里央のうなじを摑んで上向かせたクラウスの厚めの舌がぬるりともぐり込んできてきつく搦め捕ってきた。

「ん……は……ぁ……っ」

あえかな息遣いすら漏らすまいとクラウスのくちびるがどこまでも追ってくる。

口腔内をまさぐる強い舌の動きに陶然となり、滴る唾液を夢中で飲み込んだ。

ワインの残り香がして、さらに酔いそうだ。

彼の夜着に皺が寄るほどぎゅっと摑むと、うなじをやわらかに撫で上げられ、ぞくりと甘い痺れが全身を走り抜ける。

オメガにとってうなじは最大の弱点だ。

いま、背中を向けたら思いきり歯を突き立てられるかもしれない。

そうしたら名実ともに里央はクラウスの番となる。彼には選択肢が幾つも残されているが、自分にとっては彼ひとりだ。

それでもいい、夢でもいい、いつか捨てられてもいい。いまという一瞬を逃したくない。

濡れた舌をたっぷりと吸われて息を切らし、足元がよろけた。

それを機にクラウスに肩を抱かれ、寝台に横たえられる。

ギシリと木製の寝台がふたりぶんの体重を受けて低く鳴る。

組み敷かれ、あらためて彼のしなやかに鍛えられた身体をこの手で知った。

逞しい両肩、盛り上がった肩甲骨を手探りし、見上げるとまだ濡れた金の髪を垂らすクラウスが熱っぽい瞳で射貫《いぬ》いてくる。

ゆるく開いた開衿式の夜着からちらりと鎖骨が見えた。斜めに斬り込む強い骨に触れたくて指でなぞると、クラウスが呻く。

「こら、あまり煽らないでくれ。我慢が利かなくなる」

「いいです、クラウス様なら、僕は」

すべて受け取ってほしい。暴いてほしい。この浅ましいまでに潤んだ身体を。

覆い被さってきた彼に囁くと、耳元でくすりと笑い声がする。

「参るな、……君には骨抜きだ」

「クラウス――さ、……っぁ……あ……」

耳殻をねろりと舐め上げられ、小孔に舌先がくちゅくちゅともぐり込んでくる。

そんなところが感じるとは思っていなかったから、くすぐったさと快感に身悶《みもだ》えた。

「あっ、ん、んぅ」

できるだけ嫌と言いたくない。

自分から飛び込んだのだから、なにをされても拒まない。

そうは思うもののなにもかも初めてのことだらけで、次になにをされるのかと思うと身体がこわばる。

そのことにクラウスは微笑み、里央の夜着のボタンをひとつずつ外していく。

熱い素肌に指がすべり、そのあとを舌が追ってくる。

彼よりも薄く浮き出ている鎖骨に舌を這《は》わせられたときはあまりに淫靡な感触に思わず腰が浮き上

がった。

「んン……っ！」

「リオは敏感なたちのようだね。軽く舐めただけなのに」

「だ、って、……初めて、で……」

「初めて？　くちづけも、こういうことも？」

「……はい」

顔から火が吹き出そうだったが、観念した。

慣れていない身体でクラウスを愉《たの》しませられるだろうか。つまらないと思われないだろうか。

不安ばかりがよぎるが、案に相違してクラウスは目尻を解き、「嬉しいよ」と言う。

「大切に扱うと約束する。リオ、君のすべてが知りたい」

こくこく頷く。それは自分も同じだ。クラウスのすべてが欲しい。

鎖骨をじっくりと舐《ねぶ》って肌をざわめかせてから、クラウスの指がすうっと胸の尖りに落ちていく。

ただそこを漫然と触って次に移るのかと思ったら違った。

ちいさな肉芽をつままれてくりくりと揉み込まれ、いたずらっぽく引っ張られる。

根元をきゅうっと甘くねじられたときは「んっ」と自分でも信じられないような甘えた声がほとばしってしまった。

「あ、あ……っや……！」

嫌だと言わない。

そう決めたのに、思わぬところを執拗に愛撫《あいぶ》されて喉がぐうんとのけぞる。

クラウスの指はどこまでも追ってきて、赤くふっくらと色づき始めた乳首を軽く転がしたかと思ったら、くちびるが吸いついてきた。

ちろちろと先端を舌でくすぐり、罪な疼きを里央の肌に埋め込んでいく。

無意識に彼の豪奢《ごうしゃ》な金の髪を摑んで押しのけようとしたのだが、やめてもらえない。

それどころかますますじゅうっと強く吸いつかれて爪先にまでびりびりと甘い刺激が駆け抜ける。

「あっ、や、やだ、クラウス、様、そこ……っやぁ……っ」

「ほんとうに嫌？　君のここはとても美味しい果実だ。いつまでも舐めていたくなる」

甘くて、癖になる。

吐息とともに囁かれてくちゅくちゅ舐めしゃぶられ、里央はあえなく陥落してしまう。

鎖骨もそうだが、胸でも感じるなんて。

オメガとはいえ、身体の作りは男だ。

やわらかなふくらみがあるわけでもないのに薄い胸にクラウスは執着し、ぽってりと淫らに艶めくまで舐めたり齧ったりして、里央を狂わせる。

じんじんする。甘痒い。

クラウスから与えられる快楽で意識は染まり、もうなにも考えられない。

単発的なヒートのせいで感度が上がりすぎているようだ。

ぼうっとしていると、そのままクラウスは顔を下げていき、臍《へそ》のくぼみをくにゅりと舐め回す。

あ、あ、と短い声を上げながら腰をよじったが、大きな手でがっしりと捕らえられた。

「君のここは素直だな」

「ン……！」

下着の上から手を這わされ、びくんと身体が弓なりに反り返る。

骨っぽい指の感触だけで達してしまいそうだ。まだ直接触られてもいないのに。

初めてだからって、自分にも多少なりとも意地がある。

ぐっと奥歯を噛み締めて衝動を堪えようとしたが、前がきつい下着を剝《は》ぎ取られて弄《いじ》られるのかと思った瞬間、ひたりと濡れる熱い舌をそこに感じて息を呑んだ。

「あ、ッあ、っ、だめ、だめで、す……っあぁ！」

じゅるりと肉竿《にくざお》を頬張られたらひとたまりもない。

精路を焼き尽くすようなつらいほどの絶頂感に呑み込まれ、我慢できずに放ってしまった。

どくどくっと吹き零《こぼ》れるものにクラウスは喉を鳴らしている。それからやっと指を絡めてきて、扱《しご》き上げてきた。

「あ——あっん、あっ、だめ、いってる、いってるのに……っ」

よがり狂うのも無理はない。最初から口淫されるとは思っていなかったのだ。

この夢の男に。高貴な男に。ひと目惚れした肖像画の男に。

どこまでもやさしくて、寝台ではすこし意地悪な大人の男に里央は振り回されっぱなしだ。

ごくりと鳴る音を耳にし、かあっと顔中が熱くなった。

「ま、さか……僕の……飲んだ、んです、か」

「ああ。ずっとこうしたかった。焦《じ》らすのはあまり得意じゃないのでね。リオのものを口で味わってみたかったんだ」

「も、もう……馬鹿！　あなたが、こんなことしなくても……」

激しい羞恥に苛《さいな》まれ、なんとか彼の手から逃れようと抗ったのだが、達した直後ではそうそう力も入らない。

じたばたともがいていると、ちゅくりと粘った音を響かせながらクラウスが上体を重ねて耳たぶを食《は》んできた。さっきもなぶられたところだ。

「ここが君のいいところみたいだな。私が囁くとひどく反応する」

「ん……ッ」

手の中でひくっと硬くなってしまう己が情けない。

忸怩《じくじ》たるものを感じながらも快感は止められなくて。

低く甘い声を鼓膜に染み込ませながらまたも昂っていく。

里央が放った白濁を助けにしてクラウスはねっちりと肉茎の先端を弄り回す。

小孔に指先を埋め込まれてくりくりされるとぞくぞくするほどの愉悦が忍び上がってきて、夢中で彼の首にしがみついた。

「じゃあ君は、ここに」

「え……あ」

手を掴まれ、彼の下肢にあてがわれた。夜着を通してもはっきりわかるほどの猛《たけ》りに目眩がしてくる。

「お、……おおきい……です」

「そうだろうか。他人と比べたことがないからよくわからないが、君が嫌いじゃないといいな」

誘われるままに震える手で彼の夜着を剝がしていく。

あらわになった身体は見事な彫刻のようで、しばしうっとりと見入った。

鍛え抜いた胸も素晴らしいが、しっかりと割れた腹筋にも目がいってしまう。張り詰めたとても綺麗な白い肌が仄《ほの》かに赤らんでいる。

武芸はあまり得意ではないと言っていた彼だが、けっして怠らず、剣術にも精を出しているはずだ。

半身でまたがるような格好をされ、みっしりと筋肉で覆われた太腿《ふともも》が絡みついてくるのが悩ましい。

彼に比べたら自分なんてほんとうに薄っぺらい身体でおもしろみがないだろうに。

内心自虐的なことを考えていると、こころを読んだかのような彼が「さあ」と剝き出しのそこに再度里央の手を導く。

ぐんと根元から反り返った男根はクラウスの優美な相貌に似合わず力強く脈打っている。

こんなに美しい男が自分などに興奮してくれるのだと思ったら、縮こまっていた感情が息を吹き返したみたいで、おずおずと手を動かしてみた。

片手では摑みきれないほどの雄。

とびきり硬くて熱いそれを扱くたびにクラウスの息が浅くなり、里央に絡み付けた指も淫猥さを増していく。

「こう、すれば……互いに気持ちいい」

「ん、はい……」

しばし無我夢中でそこを触れ合った。

先端のくびれを親指でぐるりとなぞられれば同じことを返し、双玉をやわやわと揉み込まれれば勇気を出して里央も手つきを真似る。

息が弾み、間近で視線を合わせているのもつらくなってきた。

顎を上げると待ち構えていたかのようにクラウスに舌を吸い取られ、うずうずと擦り合わせられる。

この深いくちづけは何度したってはまってしまう。

歯列を舌先でなぞられて、上顎を軽く舐め上げられて。口内にじゅわっと唾液が溜まったところできつく吸われると頭の中が真っ白になり、もっともっと奥深くまで探ってほしくなる。

もどかしい思いでクラウスの舌を求め、代わりに与える。自分にもしも快楽の源泉がすこしでもあるならばクラウスに愉しんでほしい。

唾液を交わし合い、里央がこくんと飲み込むとクラウスがまなじりをやわらかくする。その間にもゆったりとした手は確実に次の高みへと里央を押し上げていた。

薄いくさむらを指先でかき回されるとくすぐったくて恥ずかしい。彼のそこに比べたらやはり頼りないと思うから。しかしその初々しい身体がクラウスを嬉しがらせているようだ。

「クラウス――さま……っ」

「ああ、私もだ」

「あ、ん、んん、んぁ、――く……!」

次第に緩急が激しさを増し、息遣いも浅くなっていく。

質素な部屋はふたりぶんのしめやかな吐息で満ちていて、外の雨の音も聞こえない。

クラウスが輪っかにした指できゅっとくびれを締めつけた途端、懸命にせき止めていた快感が鮮やかに弾け、里央は嬌声《きょうせい》を上げながら彼に抱きついた。

しとどに濡れる感触に続いて、里央の平らかな腹にもぱっと熱が散る。

「あ、あぁ……っ」

荒く息を乱したクラウスがどさりと倒れ込んできて、幾度も里央の頬やくちびるにくちづけを落としていく。

まるでくちびるの熱で里央の顔を埋めてしまいたいかのように。

重なった胸から鼓動の跳ねる音が響いてくる。クラウスの手が緩慢に動き、里央の腰をそろりと撫で上げた。

いよいよだ。いよいよ、この身体にクラウスを受け入れるのだ。

逃げない、止めない。そう決意して必死に瞼をこじ開ければ、蒼い瞳とぶつかった。

そこに浮かんでいるのは紛れもなく情欲だが、どこか案じているふうでもある。白い肌が上気しているのが目の毒だ。

「リオ、君はくちづけもなにもかも初めてだと言ったね」

「……はい。でも、大丈夫です。覚悟はできてますから」

しっかりした声で言ったはずなのに、クラウスはおかしそうに肩を揺らす。

「最初の夜にしてはここでは準備が不十分だし、なにより君にはつらい思いをさせたくない。オメガとはいえ初めての経験は大変だろうから」

「でも」

「リオに悲壮な覚悟を決めてほしいわけじゃないんだよ」

ちゅ、と額にくちづけてくるクラウスが汗ばんで張り付く髪をかき上げてくれた。

「求め合っている私たちなら、自然と抱き合える日が来る。こんな急いた感じではなく……私も君もこころと身体の準備が整ったうえでね」

「でも、でもクラウス様、いまを逃したら僕はまた」

目を覚ましてしまうかもしれない。あなたの腕の中から消えてしまうかもしれない。

そう言い募る先から、強い眠気とだるさが忍び寄ってくる。

いけない、いまは眠っている場合ではない。クラウスに最後まで抱いてもらって、身体に証を残したい。

なのに、彼は決意を秘めたまなざしを向けてきて、微笑む。

「大丈夫だよ」

彼はそう言った。里央に、そして己に言い聞かせるように。

「大丈夫だ。私はこの不可思議な運命を信じる。君とはまた出会える。かならず。もう眠そうだ。瞼がいまにも閉じてしまいそうだよ。……かくいう私もとても眠い。どうしてだろうね？　これも君の魔法かな？」

だから、と言ってクラウスは気だるそうに身を起こし、卓上から燭台を取り上げる。卓上に蠟を垂らしてそこに蠟燭を立てたあと、ちいさな銀の燭台を里央の左手に握らせてきた。

意識はいまや煙のようにたゆたい、深い水底に落ちていくようだった。

どう抗おうとも、この恐ろしいまでの眠りからは逃げられないらしい。

「持っておいき。君がどこかで目覚めてもその手の中にこれがあれば、私との間に起こった出来事はすべて真実だ。私はそう信じると決めた。……リオ……リオ、もう眠ったかい？　ああ、こんなに強い睡魔に襲われるのは初めてだ。ちゃんと君を抱いて眠る。次に目が覚めて君がいなかったとしても私は諦めないよ。……また会える。私たちは、また会える」

大丈夫だから。

その言葉が意識の最後に甘く滲《にじ》んで、静かに蕩けて、最後には沈んでいった。

7

瞼を透かして光が射し込んできた。目を開けたくない。でも、開けたい。開けて確かめたい。

ここがどこなのか。隣にいるのは誰なのか。

――嫌だ、嫌だ、今度こそ。

ぎゅっと瞼をつむって深呼吸を繰り返す。寝返りを何度か打ち、さらりとした枕カバーにしぶしぶ目を開ける。

いつもの天井。見慣れた部屋。

力なく身体を起こすと、目の前には白皙《はくせき》の美青年を描いた絵があった。

自分はまたも夢を見たのだ。しかし身体中のそこかしこに埋《うず》み火が残っていた。

首筋にも、鎖骨にも、胸にも、もちろん下肢にも。

だけど、あの宿で纏っていた夜着や下着ではなく、着慣れたTシャツにハーフパンツだ。

そのままの姿勢でしばしじっとしていたが、にわかに胸騒ぎがする。

左手の中に硬い感触があった。

おそるおそる拳《こぶし》を開いていけば――銀の燭台。

「……あ……」

目が零れ落ちんばかりに瞠って、両手に載せた燭台に見入った。睡魔に引き込まれる寸前、クラウスが握らせてくれたものだ。

「クラウス様……」

夢じゃなかった。

いや、厳密に言えばまだ夢なのだけれど、彼と、あの世界と、とうとう繋がったのだ。

燭台はほんのり温かかった。

里央の体温を吸収しているのだろうが、そうは思えない。

これはクラウスの体温だ。じっくり見てみると、燭台の根元にかすかに蠟が固まっている。

宿屋で過ごしたひと晩を隅々まで思い出しているうちに、だんだんと視界がぼやけてくる。

抱き締めてくれた逞しい腕《かいな》。頼りがいのある胸。やさしくて激しいくちづけ。

そして、ああ、あの甘やかな指先。

つうっと熱い滴が頰にすべり落ち、里央は燭台に頰を寄せ、静かに啜り泣いた。

「夢じゃなかった？　ほんとうに？」

「その燭台が彼から手渡されたもの？」

矢継ぎ早に問われ、里央はこくりと頷く。瞼がまだ熱い気がする。

起き抜けの出来事に茫然と、信じられない思いで一日を過ごした。

カフェでの仕事があったので燭台はチノパンのポケットに深くしまい、折に触れては取り出して眺め、あの夢がもたらした『現実』を味わった。

こんな話、誰も信じてくれないだろう。だけど、誰かに相談したい。聞いてほしい。

出任せを言うな、その燭台だってあらかじめどこかから用意したんだろと誹《そし》られたとしても。

けれど、目の前にいるふたりは固唾を呑んで里央の話に聞き入っていた。

夜の二十一時、大原宅。

このふたりだったら笑いながらも受け止めてくれるだろうと思い、まずは同僚の仁科に相談し、驚《きょう》愕《がく》した彼が自宅においでよと誘ってくれたのだ。

ありがたく仁科の作る夕飯をごちそうになり、食後のコーヒーを飲んでいる最中で、昨夜の夢の一部始終を打ち明けた。

今夜は呑んでいない。酒の上の戯《ざ》れ言《ごと》にはしたくなかったのだ。

「肖像画の男性と気持ちが通じ合って、里央君はその燭台を託されたんだね」

「はい。繰り返しますが、僕がもともと持っていたものじゃありません。確かに、夢の中であのひとが持たせてくれたものなんです」

愛し合った事実はさらりと触れる程度に留めたが、彼の城内の様子や弟妹との関係——とりわけ、弟のロイドとはどうもうまくいっていないらしきことや、しかしクラウスが民たちに深く愛されていることをつぶさに話して聞かせた。

燭台を手にした大原は眼鏡を外し、じっくりと見つめている。

「だいぶ昔のものみたいだな……それにしては溶けた蠟が比較的新しい。まるで昨晩灯されたみたいだ。数時間前、とか」

「だよね。俺もそう思う。これって……」

大原の隣で仁科が両手を頭のうしろで組み、上体を反らす。天井を見上げ、視線は一点に集中していた。

「――時空を超えたってこと？　肖像画を通して、里央とそのクラウスというひとが夢の中で出会い、知り合ったことがこの燭台で証明されたということなのかな」

「突然の話で信じがたくはあるが……ここに証拠品がある。里央君が嘘を言うたちではないことは俺たちもよく知ってるよ。君はオメガ、彼はアルファ。運命の番として時を遡り、通じ合ったと考えるのが自然なのかな」

「いきなりこんな話、信じにくいですよね。すみません」

まだ事実を把握しきれていない彼らに謝ると、「いやいやいや」と仁科が取りなしてくる。

「ごめん、変な反応して。なんかさ……映画や小説を越える事実を目の当たりにして驚いてるだけ。里央、そのひととキスしたんだろう？」

「……うん、した。いまでも覚えてる。僕を抱き締めてくれたことも」

「これで君がその彼の子を宿したとしたら俺たちはほんとうに腰を抜かしてしまうな」

苦笑いして、大原が燭台を返してくれる。

そして眼鏡をかけ直し、真面目な顔になる。

「あのあと、俺も気になってさらに文献をあさってみたんだ。オーエリン国というのはどうもほんとうに小国だったらしくて、いまとなっては手がかりがとてもすくない。強国に侵食されて、民はちりぢりになったらしい。殺されたというよりも、故郷を離れたひとや、隣国へ吸収されたひとたちがほとんどみたいだ。ただ、そのクラウスをはじめとした王家のひとびとだが……」

言葉を切って考え込む大原の様子を見守っていた仁科が、「コーヒーのお代わりいる？」と言う。

「ああ、うん。もらおう。里央君のぶんも」

「了解。じゃ、せっかくだからココアにしようか」

「いいですね」

甘くほわりと湯気を立てるココアを手早く入れた仁科がトレイを運んでくる。

大原は赤、仁科は青のマグカップ。里央は黄色の鮮やかなカップを受け取り、両手で包み込んだ。

ようやく九月に入り、昼間はまだまだ陽射しがきついが、夜ともなると秋の気配がする。

開け放したダイニングルームの窓の外では鈴虫が鳴いている。

すこしの間、三人は無言だった。

誰がなにを切り出すか、きっかけを待っているかのようだった。

大原が眼鏡を押し上げ、口火を切る。

「クラウスをはじめとした王家については一部記録が残されていたよ。それによると、クラウス以外のひとびとはからくも国外へと脱出したようだ。オーエリンと同盟を結んでいた国へひそかに逃げ込んだようだね」

「では、クラウス様は？」

そこが一番聞きたいところだ。今朝方、目が覚める寸前までしっかりと里央を抱き留めてくれたあの腕はどうなったのだろう。

大原はじっと里央を見据え、注意深く言葉を選ぶ。

「クラウス・デニア・フォンタナ――それが彼の正式な名だ。クラウスは、隣国に攻め込まれた直後、自害したとされている」

沈黙。

なんの反応もできなかった。なんの言葉も浮かんでこなかった。

頭の中は真っ白。

大原の言葉が理解できず、ココアを飲むことも忘れた。

仁科も大原も口を閉ざし、里央を見つめている。

しばし息するのも忘れていたのだろう。

はっと深く呼吸したことで、手の中の塊に気づいた。

クラウス、クラウス、クラウス、クラウス。

いまにも崩れ落ちそうな理性を、握り締めた燭台だけがかろうじて支えてくれる。

「じゃあ……僕の夢の中のクラウス様は……いずれ……死ぬということですか？」

「文献によれば、なんだが。彼はオーエリンの名を守るためにも、誇りとともに敵陣の前で己の胸に刃《やいば》を突き立てたと記されていた。……大丈夫か、里央君、顔が真っ青だ」

「里央、深く息して。ココアを飲んで」

言われたとおりにし、震える手でココアのカップを掴む。

なんの味もしない。

それより、記憶の中で味わったりんごのお菓子の甘さがより際立ってくる。

「でも、クラウス様は生きていた。生きていました」

「ああ、君の夢では。時間は経過していた？」

「……していました。僕があの絵を買ってからまだ数日ですけど……夢の中は時間が経つのが早かった。昨日の夢では三か月も過ぎてました」

「どういう仕組みか謎だが、こちらとは時間の流れ方が異なるみたいだね」

「じゃ、たとえば今夜も夢を見たとしたら、さらに半年、もしかしたら一年後という可能性もあり得る？」

「ないわけじゃない、かな」

仁科の言葉に大原が頷く。

里央の見た夢は確かに過去へと繋がっている。

時、国を超えてクラウスと出会い、恋に落ち、くちづけを交わすこともした。

自分が過ごした時間に嘘も夢もない。

あれは、まごうことなきもうひとつの現実だ。

それを裏付けるように、ちいさな燭台がなけなしの里央の勇気を鼓舞してくれる。

「もし今夜も夢を見て……会えるのが半年後のクラウス様だったとしても、僕は嬉しいです。それが、たとえ国が滅ぶ前日であったとしても」

「イフの話ばかりで申し訳ないが、君が見る夢でクラウスの生涯を終える場面にぶつかったら？　どうする？」

「止めます」

反射的に切り返していた。自分でも思ってもみないほどの強い声で。

「絶対に止めます」

「この燭台を持ち帰れた以上、君だって危険に晒されるかもしれない。もしも、里央君の身になにかがあったら？　俺たちだって他人《ひと》事じゃない」

「そうだよ里央。心配だ。これ以上夢を見るのは怖くないか」

仁科の心配そうな顔に、きっぱりと首を横に振る。

「あのひとは、僕を番だと言ってくれました。うなじを噛んでもらってないし、身体だって最後まで繋がっていないけど……それでも僕は、クラウス様が好きです。守りたい」

言葉にしてみて、確信した。

このまま夢を見続け過去に遡り下手に手を出さなければ、クラウスは歴史どおりに非業の死を遂げるのだろう。

そして自分は目を覚ます。

たとえようもない喪失感とともに。一生癒えない傷とともに。

クラウスほどこころに深く分け入ってきたひとはいままでにひとりもいなかった。

短い人生の中でも彼ひとりだけを好きでいられると自信を持って言える。それは本能に根ざす強い想いだ。なぜなら、自分たちは運命の番だから。

「僕にできることならなんでもします。たとえこの身を挺《てい》してでも」

「里央君……」

大原が思わぬ行動に出た。

隣にパートナーの仁科がいるのに、里央の手をしっかりと掴んできたのだ。

温もりがじわりと染み込んでくる。それは、クラウスの温かさとよく似ていた。

「里央」

仁科の手も重なってくる。

ふたりぶんの体温を感じて、里央は涙を滲ませながら微笑む。

案じてくれるふたりの気持ちが嬉しい。

こんな突拍子もない話を聞いてくれるうえに、受け止めてくれる。そして、その先を心配してくれるのだ。

かけがえのない友情を武器に、もう一度夢が見たい。

「僕がクラウス様を助けたら、歴史を変えてしまうことになりますか」

「そうだね。オーエリンという国そのものの存在が変わり、現在にも干渉してくるだろう。普通、フィクションの世界ではタイムスリップしたとしてもその時代の流れに逆らわないこと、というのがセオリーだけど……いまの里央君には不要な言葉だね」

「見守るよ、俺たちも。里央、俺たちも君の夢の中に入れたらいいんだけど……それは難しいだろうから、待たせてほしい。待ってるから、無事に帰ってきてほしい」

「歴史を変えてしまってもいい？」

「君が過去の世界に遡ってクラウスとともに時間を過ごしたことは、すくなからずすでに過去の世界に干渉を及ぼしているはずだ。それがこの先の歴史にどんな影響を及ぼすのかは未知の範囲になるが……いまは、君の思うとおりにしたほうがいい。けっして後悔のないように」

大原のやさしい声に、仁科が同意する。

ふたりしてぎゅっと手を摑んできた。

それでようやく、里央も笑った。

——大丈夫だから。

クラウスもそう言っていた。繰り返し、言い聞かせるように。

だから、今度は自分が言おう。

大丈夫ですよ、クラウス様。僕はあなたの元に駆けつけます。いつだって、どんなときだって、そばを離れたりしない。

クラウスが自害するのをどうしても止めたい。

無理難題を言えば、オーエリンをも救いたいけれど、それは果たして自分に可能かどうか。

それでも、ひとひとりの命を守ることならばできるはずだ。

この身を擲《なげう》ってでも。

こころが決まった瞬間だ。

8

小鳥のさえずりがかすかに聞こえる。

頬を撫でる冷気にぶるっと身体が震えたが、凍えるほどではない。むしろ、首から下は暖かかった。

うとうとしながら瞼を擦り起き上がると、「目が覚めたかい？」と楽しげな声が届いた。

「——クラウス様！」

跳ね起きると、身体に掛けてあった厚手の外套がすべり落ちる。

襟には暖かそうなフードがついており、生地も上等。厚手なのに意外なほど軽かった。

ゆらゆらと揺れる場所にいることに気がついてあたりを見回すと、陽光が眩しく煌めく湖面。

クラウスと里央は小舟に乗って、湖に出ているらしい。

きらきらした輝きに目を細め、空に向かって手をかざす。

太陽はちょうど中天に差し掛かっていた。冬の季節の貴重な晴れ間なのだろう。

そうだ、と肝心なことを思い出し、彼を振り返る。

「僕、どうしてたんですか？　あれから何日——何か月経ったんですか？」

「落ち着いてリオ。君はね、先ほど私がこの船に乗ろうとしたら中ですやすやとお眠り遊ばしてたんだよ。肌の冷え方からして、小一時間ほど眠っていたようだ。すぐにカイエンと一緒に着替えさせて外套をかけたが、寒くはないかい？　喉は痛まないかい？　――そう、君と前回会ってから、ちょうど一か月目だ。以前よりも早く会えたね。嬉しいよ」

だからクラウスは上機嫌なのか。小舟の先でのんびりと釣り竿を垂らしている。

前回の夜会で会ったときとは打って変わってくだけた装いで、暖かそうなオフホワイトのニットにチェックの下衣、そして外套を肩から羽織っている。

里央も似たような格好をしていた。

そばにはちいさな桶《おけ》が置かれていた。興味を覚えてそろそろと膝づたいに近づき、中をのぞく。手のひらサイズの虹色の魚がぴしゃんと水を跳ねて泳ぎ回っていた。

「あとで湖に返すよ。すこしだけ眺めていたいんだ」

「綺麗な魚ですね……。あなたが釣ったんですか？」

「そう。魚釣りも息抜きでときどきするんだ。いつもはカイエンを供につけるんだが、今日は君がいたからね。岸辺で昼食の準備をしてもらうことにした。この一か月、君はどうしていた？　燭台は持って帰れたかい？」

「はい」

ちゃんと持って帰れました。

はっきりとそう言うと、クラウスの笑顔は本物になる。

「……よかったよ。あの日の朝、目が覚めたら宿のどこにも君はやっぱりいなかった。私が眠ってしまった間にまた消えたんだろうと悔やんだが、燭台も一緒になくなっていたからね。一縷《いちる》の望みに賭けてみたんだ。こうして、また会えたね」

「これは僕の夢でもあって、現実でもあって。クラウス様にとっても現実なんですね」

「そのようだ。この世界は言葉では語り尽くせないほどの不可思議で満ちている。……ん？」

声に釣られて竿の先端を見ると、ぴくぴく動いている。なにかかかったようだ。

「……あ、クラウス様……！」

「任せておいで。ちょっとちいさめかな……そら！」

タイミングを見計らってクラウスが竿を引っ張ると、水中から煌めく魚が躍り出る。

元気いっぱいに跳ねるそれを素早くキャッチし、慎重に口元から針を外すと、里央にも見せてくれた。銀色のうろこがダイヤモンドのようだ。

桶に入っている魚よりもちいさいので、里央が堪能したあと、クラウスはすぐに湖に戻す。ついでに、桶にいた魚も水に返してやった。

せっかく釣ったのに惜しくないのかなと思う里央の隣で、クラウスは機嫌がよさそうに釣り針を取り替え、美しい羽根でできた疑似餌《えさ》を取り付けていた。

見たこともない鮮やかな青と赤の羽根に魅入られ、「それは？」と訊《たず》ねてみる。

「鳥の羽根ですか」

「そう。と言っても、森の中でさえずっていた鳥たちが偶然落としたものを拾って組み合わせたんだけどね。リオはこうした綺麗な羽根は好きかい？」

「好き……だと思います。見ているぶんには。初めて見たので、曖昧なことしか言えませんけど」

「私の国を吸収し合おうと競っている両国——アルド、シュナイダルでは、希少な鳥たちを生きたまま世界各地から集めて、羽根をむしり取る。さまざまな色、形の羽根を組み合わせてとびきり美しい疑似餌を作るのが上流社会での流行なんだ。これをどう思う？」

「残酷ではないでしょうか」

　人間の欲のためだけに生きた鳥を捕らえ、あまつさえ羽根をむしってしまうなんて。

　大空を自由に飛び回るのを眺めるだけに飽き足らず、見栄と欲望を優先して鳥たちの命を軽んじる人間の傲慢さを突きつけられた気がした。

「そう、私も同じように思う。この時代では、紳士淑女ともに鳥や動物たちの羽根、毛皮を纏うことが特権階級の証だと信じている。たった一度の夜会のために何千羽もの鳥の羽根をむしって作られる帽子があるんだよ。君が羽織っている外套も」

　ちょんと指さして、大きな外套に袖を通した里央に苦く笑いかける。

「ふんだんに毛皮をつけたほうがいいと弟のロイドに言われた。ただの散歩用の外套なのにね。王たるもの、豪奢な装いをしてこそひとの上に立つ振る舞いになると彼は言う。でも、それはほんとうかな？　着るもの一枚で確かに気分は変わる。この間リオと一緒に仮面をつけたときのように、高揚感を味わえることもある。だが、それでひとの本質は変わるかな。生命を意のままに操り、一時の愉しみのためだけに費やすことを私は愚かだと思うよ」

　クラウスの静かな声に、相づちを打った。

　思えば、国王である彼はつねに品のある装いをしていたけれども、並外れて華美というわけではなかった。

　それに、羽根や毛皮を装飾品として身に着けていたこともなかった。

「おかしなものだ。アルドとシュナイダルは生粋の自国人を重んじて移民を嫌うのに、自身を飾り立てるのならどんな国の獣たちでも手を尽くして身に着ける。奇妙な倒錯だと思わないかい？」

「クラウス様の仰るとおりです。考え、言葉を喋る人間こそが最上の生き物……と捉えているんでしょうか。でも、だとしたら、移民たちだってこころよく受け入れればよいのに。理由があって外からやってきたひとでしょう。アルドやシュナイダルに助けを求めているのかもしれない。それをわかってあげれば、移民たちだってアルドとシュナイダルを第二の祖国として懸命に生きていくでしょうに」

「その言葉を両国の重鎮たちに聞かせてやりたいね」

　どことなくうつろに笑って、疑似餌を丁寧に箱に戻したクラウスが空を見上げる。

　高い場所で、一羽の鳥が気持ちよさそうに旋回していた。

　鳴き声までは聞こえてこないが、なにものも遮らない空を飛び回る自由さを謳歌しているのが里央にも伝わってくる。

「私たち人間は、不自由な生き物なんだよ。知性を持ち、理性を重んじ、品格を求める。着の身着のままで過ごすことは許されない。社会の規範から外れてしまうことをひとびとは恐れるから、過剰に着飾り、躍起になって書物を貪り読む。それでなにが得られるだろう」

「豊かな知識は……自分ひとりだったらけっしてのぞけなかった世界を垣間《かいま》見せてもらえる、いい経験になると思います。想像力が広がります」

反論というほどでもないけれど、言い返してみると、クラウスは虚を衝《つ》かれたようだがややあってから破顔一笑する。

「そうだ、そのとおりだリオ。見識はひとのこころを豊かにする。書物も絵画も音楽も、ひとだからこそ生み出せるものがあるね。君とこうして言葉を交わせることが私はとても嬉しい。……嬉しいんだよ、リオ。偽りのない言葉のやり取りができることを。――リオ、次はいつ会える？　いつになったらずっとそばにいてくれる？」

真摯な蒼い瞳に胸がかき乱される。

昨日大原に教えてもらった彼の生涯。この国の未来。

――クラウス様の、最後。

胸が詰まる。ぐっと重たいものを呑み込み、つかの間激しく逡巡《しゅんじゅん》する。

言うか、言うまいか。

真実を打ち明け打開策を探るべきか、閉ざしておくべきか。

時を超え、彼と出会った。

クラウスは過去の人間として、自分は未来の人間として。

けれどこの一瞬、クラウスにとってはこれが「いま」だ。

長い時を過ぎた先の自分が勝手なことを吹聴して彼を惑わせてよいものか。

クラウスは精一杯いまを生きている。葛藤し、ときにはこうしてくつろぎ、国の未来をつねに案じている。

出会ったのは夢の中だ。

誰に言っても御伽噺のように聞こえるだろうが、里央はクラウスをこころから愛した。

だからこそ、葛藤する。

自分だけが手中にしている真実をどう扱えばいいのか。

一国の運命を——こころから愛する人間の行方をどう指し示せばいいのか。

まだ二十二歳の里央には重い決断だ。

それでも。それでも。

勇気を振り絞って口を開いたときだった。

「——陛下！」

遠くからクラウスを呼ぶ声が聞こえる。カイエンだ。

「ああ、もう昼食の準備が整ったようだね。戻ろう、リオ。三人で一緒に食事しよう」

「あ、あの、でも」

「うん？」

振り向くクラウスに先ほどの憂いはもうない。

釣った魚はすべて湖に戻し、小舟の櫂《かい》を握って岸辺に戻る彼の横顔をもどかしく見つめるしかなかった。

いつか言わなければいけない。だけど、それはいつ？　いまか？　もうすこしあとか？

機会を窺っているうちに船は着き、クラウスに手を引かれて岸辺に下りた。

すぐそばのバルコニーでカイエンが出迎えてくれた。

アネットが事前に準備してくれたのだろう。

テーブルには黄色の可愛らしい花も飾りつけられていた。緑が濃い葉も一緒に。

遠くの山々は冠雪しており、よく晴れているけれども、ここはもう冬将軍が訪れているのだ。

最初の晩、クラウスがハープを弾いていたあのバルコニーに円形のテーブルと椅子が三名分置かれている。

部下であるカイエンも一緒に、と言われていたようだ。

さんさんと陽射しが降り注ぐ気持ちのいい冬晴れだ。

念のためと言ってカイエンが暖かな外套と膝掛けを持ってきてくれたので、ありがたく貸してもらう。

「リオ殿は相変わらずいつどこに現れるか予測がつきませんな」

そう言ってカイエンが苦笑する。美丈夫ではあるけれどクラウスの立派な側近だ。

もっと厳しい人物なのかと内心ひやひやしていたのだが、言葉を交わすうちにさっぱりとした性格で、忠義に篤《あつ》い人柄なのだと知った。

正体不明の里央にクラウスが丁寧に接するせいか、カイエンもそれにならうことにしたのだろう。

自分を見る目にまだいささか懐疑的なところはあるものの、信用していいひとだと里央の直感が告げている。

「さあ、熱いうちに召し上がってください」

白いクロスがかけられたテーブルに並ぶのは、爽やかな色合いの豆のスープ、鮮やかなサラダ、肉を挟んだパンといった軽食だ。

そこに熱い紅茶もつくとなると、緊張していた里央もすこしだけほっとする。

真実については、もうすこしだけ様子を見よう。順を追って説明しないと、いくらなんでもクラウスも信じてくれないだろう。

「陛下、あの件はリオ殿に話しましたか」

「これからだ」

「なんのことですか？」

「じつはね、アルドから和平的交渉を持ちかけられているんだ。強引な侵略はやめて、これまでどおり隣国同士としてよいつき合いをしていこうじゃないかと」

スープを飲んでいた里央はその言葉にぱっと顔をほころばせた。

「いいお話ですね。もう承諾されたんですか？」

「いや、この話には続きがある。逆に、シュナイダル側が躍起になっているんだ。アルドと交渉を締結するなら我が国がオーエリンを制す、とね」

「そんな。どうしても止められないんですか」

「難しいね……シュナイダルはもともとオーエリンを彼らの領土だと主張して強硬なんだ。過去を遡るとそういう時代も実際にあったんだ。しかし、内紛が何度か起きて、オーエリンは独立した。けれどいまでもシュナイダルはオーエリンを我が物にしたいらしい。領土を広げればそのぶんアルドにも近づき、より彼らには強みとなってますます軍事国家としての力をつけることができる」

「シュナイダルの目的は、アルドをも吸収することでしょうか」

「リオ殿の慧眼《けいがん》には感服いたします。そのとおりです。シュナイダルは暴虐的な国で、オーエリン、アルドを統一することが目的なのです」

カイエンも難しい顔をしている。

食べているパンの味がしなくなってきた。なんとか無理やり食べて、食後の紅茶を淹れてもらう。

「そう近くないうちにシュナイダルは我が国に攻め込んでくるかもしれない。アルドと手を組んでシュナイダルを斃《たお》すという案も浮かんだが、我ら二国を合わせてもシュナイダルの軍事力には敵わない。向こうにはさらに強国が背後についているからね。私もアルドとは和平締結をしたいんだが……こうなると互いに自国の民たちをどうにかしなければという話にもなっている。オーエリン、アルドが滅んだとしても、民たちだけでも同盟国に逃がさねば」

「手はずは整っているんですか？」

「ああ、ここから離れた同盟国に民たちを逃している。和平を持ちかけられる以前からアルド側の領土を抜けて巧妙に国外へと逃げ出す策を採っていたんだ。我が国は二千万人に満たない小国だ。商用や旅を偽装して民は安全な国へと逃げている。同盟国はオーエリンとよく似ていてね、領土はここより広い。我が民たちをこころから受け入れてくれている」

「クラウス様はどうなるんですか。ロイド様をはじめとした王族の皆様は？　カイエンさんは？」

「私は最後まで陛下にお仕えします。ロイド様は――クラウス様の説得に最後まで反対し、逆にシュナイダル側について力を手にし、アルドをも制圧するとまで言い出しましたが、それこそ我が祖国の血を汚すと陛下が一喝したことで口を閉ざされました」

　たった一か月の間にここまで情勢が悪化していたとは。民を持たない国はもう国とは言わない。オーエリンの旗が地に落ちる日もそう遠くないのだろう。文献にもそう記されていた。

　以前、城の廊下で会ったとき、ロイドは隣国の裏をかいて戦略を練ると言ってはばからなかった。より強い力に惹かれるたちなのだろう。

　しかしそんな彼でも、オーエリンの血を汚すという言葉には屈したらしい。

「ロイド様はすでに国外へ出ておられます。シュナイダルと手を組んでもいずれ王族としての権威を失う。しかし、国外であれば立場も命も保障されます」

「ロイドを説得するのは骨が折れたよ。私の代わりにシュナイダルに乗り込むと頭に血を上らせていたからね。そんなことはさせられない。前王亡きあと、この国の命運を握るのは私だ。ロイドを簡単に死なせるわけにはいかないんだ。オーエリンという国があったということをこの先も受け継いでもらうために。またいつか、国家の再興を計るためにも」

そう聞いて安堵した。

彼がもし国王だったら、この国は早々に血に濡れていたかもしれない。

それでも、ロイドはロイドなりの考えがあってこの国の行く先を思いあぐねていたのだろう。

同じ血筋を持っていたからと言ってもその思想はクラウスと真逆ではあるが、ロイドの意見を頭ごなしに断罪することはできない。

クラウスも、ロイドも、カイエンも、そして里央も、この国の未来を想っている。

それぞれがそれぞれの立場で、それぞれの思想で。

異なる人間が異なる考えを持つのは至極当然のことだ。

一から百までぴたりと寄り添うことはない。

だからこそ、理解したい、わかり合いたいと願いつつひとは他人を求めるのではないだろうか。

「そうだとしたら——クラウス様は最後までこの国に残って、シュナイダルと剣を交えるというのですか」

「そうなるかもしれない。私の身を案じているのかい、リオ」

「当たり前です！　あなたの身になにかあったら僕は」

思わず中腰になって叫ぶと、クラウスは穏やかに笑う。

微笑んでいるものの、その蒼い瞳はすでになにかを決意したかのように鋭く冴え渡っている。

「私は退《ひ》かないよ、リオ。民たちが他国で誇りを持って生きていくためなら、私が最後の盾となる」

ああ、あの本のとおりになってしまうのか。

クラウスはシュナイダルに攻め込まれたとき、ほんとうに自害するという結末を選ぶのか。

目の前が真っ暗になり、よろけると、慌てたカイエンに支えられた。

「大丈夫ですか。お顔が真っ青だ」

「すこし休んだほうがいい。リオを部屋に運んでくれ」

「かしこまりました」

「大丈夫――です、から……」

もっと話を。クラウスの決意を止めなければ。

なのにカイエンは里央を抱き上げ、クラウスの私室へと入り、寝台へと横たえる。

「あなたが心配されることではありません。……ですが、陛下に代わってお礼を申し上げます。リオ殿もこの国の未来を案じている。ありがとうございます。国と国の衝突は時のうねりの中で生じること。その時が来て、私や陛下が城を空にするわけにはいきません。国の最後を見届けなければ」

「いけません！　あなたが、カイエンさんまでが犠牲になるなんて絶対にだめです。いまからでもクラウス様と一緒に逃げてください。お願いだから逃げて。この国は――クラウス様は……」

頭がくらくらしてきた。

力なくベッドに倒れ込み、目元にじわりと浮かぶ涙を乱暴に拳で拭う。

泣いている場合ではない。善後策を考えなければ。

お願いだから命を粗末にしないでほしい。

国を捨てて――と言いたいが、それは彼らの矜持《きょうじ》を傷つけることになるのだろうか。

だけど、そんなものも捨ててどこかに逃げ延び、生きていてほしい。

生きてさえいれば、また国を興《おこ》すこともできる。違う生き方を選ぶこともできる。

「国と滅ぶなんて……」

いつの間にかクラウスがそばにやってきてベッドの端に腰掛け、こめかみに伝う涙を人差し指で拭ってくれた。

その様子を見て、カイエンがそっと退出していく。

「ありがとうリオ。しかし、聞いてほしい。私たち王族はこう生きるしかないんだ。民たちよりも贅のかぎりを尽くし、恵まれた日々を享受してきた者の最後の務めだ。民たちの誇りを守るためにも、シュナイダルとの一戦は私が交える」

クラウスの覚悟は固い。

ここに弟のロイドがいたら、真っ先に剣を抜いてシュナイダルに突っ込んでいくのだろうと思えた。民を想う気持ちはわかる。痛いほどにわかる。

オーエリンは寛容な国だ。そもそもクラウスがそうだ。自分などを受け入れてくれたのだから。

「僕なんかが偉そうなことを言える立場でないことは百も承知しています。でもお願いです、あなたが死ぬことはない。どこかに逃げて、逃げて、また新しい道を――」

「リオ、私の命はこの国にある。この国で生を授かり、育ってきた。前王は民を兵に仕立て上げても戦いを挑むつもりだったが、それはできない。私が、最後に」

涙がぼろぼろとあふれて止まらない。

リオ、と苦悩の滲む声が耳元で聞こえた。そして、まっすぐに視線を交わしてきた。

「君が好きだ、リオ。君はある日突然私の前に現れて、この国を気にかけてくれたね。それがなにより嬉しい。国を愛するということは、私を愛するということだ。私が好きかい、リオ」

静かな告白がひたひたと胸に押し寄せ、新たな涙を生む。

「あなたが好きです。身分も立場も、暮らす場所さえ違うけれど、クラウス様が好きです。だからお願いです。死なないでください。僕と一緒に逃げてください」

「……君と一緒に？　どこへ」

「どこへでも。頷いてくれるまでそばを離れません。絶対に」

精一杯彼の首にしがみついた。

このまま自分の世界に連れ帰ってしまいたい。

あの銀色の燭台のように、この手の中にクラウスを閉じ込めて、平和な時へと連れて行きたい。

「僕と逃げると言ってください、クラウス様。僕たちは運命の番なんでしょう？　離ればなれになったらいけません。あなたの番として、僕には果たす役目がある。あなたを愛して守り抜くことです。頼りない盾かもしれません。鞘《さや》になることもできないかもしれない。でも、でも」

激した里央の背中をやさしい手がゆっくりと撫でていく。

「……愛してる、リオ。大丈夫だ、泣かないでおくれ。君の涙を見ると私のこころもゆるんでしまう」

「ゆるんだっていいじゃないですか。あなただってひとりの人間です。王の前に、ひとりの人間であってほしい。得体の知れない僕を疑わずに受け止めてくれたあなたが好きです。だから」

それ以上は言葉にならず、懸命に抱きついた。

クラウスもしっかりと抱き締めてくれる。そして里央のうなじのあたりを指でさすり、額にくちづけてきた。

「まだ、時間は残されている。私の最後の望みを言ってもいいかい」

「どんなことでも。あなたが死ぬこと以外なら、なんでも」

「君を私のものにしたい。最後まで。君を覚えておきたい。命が尽き果てる瞬間に君を思い出したい」

そんな悲しいことを言いながらくちづけないでほしい。

けれど、近づいてきた形のいいくちびるを拒む理由はどこにもない。

息を荒らげながらくちびるを重ね、瞬く間に夢中になった。

まだ陽が高いうちから抱き合っていることはすこしも気にならない。

もう、時間がないのだ。

「クラウス、様……」

くちびるを触れ合わせるだけでは満足できなくて囁くと、ぬるりと熱い舌がすべり込んでくる。

それはすぐに強い動きとなって里央をがんじがらめにし、虜にさせた。

舌の根元をきつく吸われて搦め捕られ、口内にたっぷり溜まった唾液を交換する。

この間よりももっと濃密で淫蕩《いんとう》なくちづけだ。

片時も彼から離れないようにしながらベッドに横たわり、身をゆだねた。

真剣で、そして愛おしげな目つきでクラウスが見据えてくる。

顔中にくちづけられて、首筋、鎖骨へと舌が這わされていく。

ああ、と熱っぽい吐息を漏らすとクラウスが手早く里央の衣服を取りのけ、しっとりと汗ばむ素肌に吸いついてきた。

「ん……ッ……！」

最初から乳首の根元を強めに噛まれて、ぞくんと背筋が撓《たわ》む。

痛みと快感が隣り合わせになって、里央をいいように振り回す。そこを愛撫するのはクラウスだけだ。

ちゅくちゅくと音を立てて尖りを舐めしゃぶり、ふっくらと熟れて腫れぼったくなってもまだ吸い、それでもまだ足りないのだろう。指でつまんでねちねちと揉み潰してくる。

「あ、っん、んっぅ、……っ」

自分だってなにかしたい。クラウスを求めている証拠を明らかにしたい。

それは彼も同じなのだろう。

里央を組み敷き、至るところにくちづけたあと、反り返った肉竿をすっぽりと咥《くわ》え込み、ぐちゅぐちゅとなぶり始めた。

「や、あっ、あん、や、だっ、ぼく、だけ……っ」

「君はどこもかしこも甘くて溶けてしまいそうだね、リオ」

先端の割れ目を舌先でくすぐられるだけで蜜をたらたらと零してしまう己を恥じた。

運命の番、クラウスのためだけにある身体とこころだ。

全部奪ってめちゃくちゃにしてほしい。

無意識に内腿で彼の頭をすりっと撫で上げると、口淫がますます深まっていく。

あふれて止まらない蜜も、小ぶりな双球ですらも口に含まれてじっくりと転がされた。

鋭い兆しが腰の奥深くに生まれて、里央は一気に高みへと押し上げられてしまう。

まだ、強い快感に慣れていないのだ。

「だめ、――だ、めです、いっちゃう、いく、あ、あぁっ！」

涙混じりの嬌声を上げながら快楽を放ってしまう里央を押さえ込み、クラウスは全身全霊で愛し抜いてきた。

どっと吹き零れるものを口内に受け止め、嚥下《えんか》し、残滓《ざんし》で濡れたくちびるを手の甲で拭っている。

「う、……う……」

「リオ、もっと欲しい。君がもっと欲しいんだ」

上体を起こしたクラウスがベッドサイドのチェストから小瓶を取り出す。

中に入っていたとろりとした液体を手のひらにまぶし、ゆっくりと双丘のあわいを探ってくる。

「香油だ。我が王家に伝わるもので、花嫁を娶《めと》るときに使うものなんだよ。痛みを一切感じずに蕩けそうな快感だけを君に与える」

「ん……」

こくこくと何度も頷いた。

クラウスとひとつになれるのならなんだってする。どんなにきつくても、痛くても、我慢する。

香油で濡れた指で窄《すぼ》まりを探っていたクラウスは時間をかけてゆっくりとそこを解し、すうっと挿し込んできた。

長い指の節がはっきりとわかる。

綺麗なあの指が、いま、自分の体内に熱を植えつけているのだ。

ぼうっとのぼせながら口を開いたり閉じたりし、未熟な肉襞できゅうっと彼の指を締めつけた。

それがクラウスにもわかったのだろう。嬉しそうに肉洞をなぶり始め、広げていく。

その指が上側を擦ったときだった。

しこりを指の腹で擦られたとき、びりびりと感電するような激しい快感が足の爪先から頭のてっぺんまで駆け抜け、あ、と短い声を上げて身体をしならせた。

「そ、こ……っ」

「ここが、君のいいところかな？　リオ、教えてくれ。私のしていることは気持ちいいかい？」

「んっ、ん、は……いっ……いい、きもち、いい……」

確かにそこは快楽の源泉だった。

すこしもじっとしていられず、擦られるたびにじわじわとなにかが漏れ出すような錯覚まで覚える。

指だけでも達してしまいそうなのに、クラウス自身が挿《はい》ってきたらどうなるのか、まるで想像がつかない。

痛みはすこしもなかった。代わりに、飢えてどうしようもない快感が身体中のそこかしこで火花のように弾け、里央を呑み込んでいく。

「く……う……っ」

初めて得る甘い刺激に耐えようと足の爪先を丸めたけれど、かえって体内の熱を固くさせるだけだ。

とくに腹の深いところにうずくまった熱の塊は自分ではどうしていいかわからない。

クラウスだけが、それを決壊させる方法を知っているのだろう。

二本、三本と指が増やされ、ねっとりと肉襞をかき分けていく。

ちゅぷちゅぷと音を立てているのは香油か、愛蜜か。

かあっと顔中を火照らせて顔を横向けにして枕に押しつけた。だけど、喘《あえ》ぎは殺せない。

クラウスの名を何度も呼ぶたびに身体が火照り、たまらなく疼く。

「……リオ」

指が引き抜かれ、空虚感に茫然としていると、今度は熱く、怖いほどに猛ったものがそこに押し当てられる。

いつの間にかクラウスも服を脱ぎ、裸身を晒していた。

白い肌が仄かに朱に染まり、扇情的だ。

いきり勃ったものを狭い場所に押し当ててくるクラウスはひとつ息を吐いたあと、里央に覆い被さってくちづけてくる。

「……ッ」

長大なものがずくりと貫いてきて、一瞬、声を失った。大きくて、硬くて、とびきり熱い。

じわじわと挿入してくるクラウスを、狭隘《きょうあい》は懸命に受け止めた。

ねっとりと彼に絡みついてしまう己が浅ましくて恥ずかしい。

たった一度の繋がりをけっして忘れたくなかったのだ。

埋められる圧は確かにある。しかし、彼の言ったとおり痛みはなく、ただもう驚くほどの飢餓感に襲われていた。

もし彼と力が拮抗《きっこう》していれば、自らも積極的に求めていただろう。これが運命の番という証なのか。

初めての経験。初めての交わり。

それらが与える衝撃と甘い愉悦に浸るのが、いまの自分の精一杯だ。

切っ先が、先ほど指で散々いたぶられた箇所を掠めると腰が勝手に跳ね、彼を食い締めてしまう。

「あっ、ん……！」

「こら、……リオ。最初から私をおかしくさせないでくれ」

「だって、……っあ、そこ、そこ、んん――……ッ！」

「ここだね？」

浅いところでぐしゅぐしゅと抜き挿しを繰り返す男の背に思いきり爪を立てた。

いい、すごくいい。

擦られるたびに甲高い声がほとばしる。もっともっととねだるような甘ったれた声。

初めてクラウスを受け入れているのに、こんなに気持ちよくていいのか。

肌という肌がざわめき、クラウスを求めている。

いまや胸の尖りは根元からピンとそそり勃ち、弄られるのを待ち望んでいた。

そのことに気づいたクラウスが雄芯を押し挿《い》れながら尖りをきゅっきゅっとつまんで揺らし、先端をぷっくりと赤く淫らに色づかせる。

暴かれるこころよさと乳首をなぶられる快感がない交ぜになって、里央は喘ぎながらぎこちなく腰を揺らした。射精を伴わない絶頂がさっきから断続的に続いていた。

「んっう、クラウスさま、もっと……もっと……ぉ……っ」

「ふふ、欲しがりだね、リオは」

「ふぁ、っあ、っあ、ああっ、おっき、い……」

「君はこれが好きかい？」

「ん、ん、好き、すき……」

次第に呼吸が重なってきて、里央はクラウスとともに腰を振る。

綺麗だけじゃない。美しいだけじゃない。正しいだけじゃない。

クラウスと抱き合うことで知った気がする。

どんなに高潔な血を引いていてもクラウスとてひとりの人間で男だ。

ひたむきに欲望に忠実になってくれる、そのことがただ嬉しかった。

だんだんと挿入を深くしていくクラウスのものが最奥に突き当たり、ぐっとのめり込んでくる。

「ひっ……！」

こじ開けられる。開かれてしまう。

灼熱《しゃくねつ》の楔《くさび》を淫らに咥え込んだ肉洞がしとどに濡れて火照り、うねうねと蠢《うごめ》いていた。

それがどんなに強烈な快感をクラウスにもたらしているか気づくこともできずに。

最奥を抉《えぐ》るような律動にしゃくり上げ、湿った内腿で彼の逞しい腰を挟み込む。

そんな誘い方を誰かに教えられたわけでもないのに、クラウスが欲しいあまり無意識にねだってしまう。

中がとろとろに熱く蕩け、複雑な襞がびっちりと雄芯にまとわりついて離さない。

穿《うが》たれるたびに荒い息が漏れた。

涙にかすむ目を開けば、白皙の美貌にも赤みが差している。

耳にかけた金の髪がはらりと落ちて蒼い瞳を一層濃く彩るのが悩ましい。

凝《こご》った快楽が身体の奥から引きずり出されるのを感じて、ぎゅっと抱きついた。

「っ、クラウス、さま、……おかしく、なる……っ」

「君もか。私はずっとそうだよ」

言っている最中からぐっぐっと強く腰を遣う男の額にうっすらと汗が滲んでいる。

それを人差し指で拭って口に含むとかすかに塩辛い。

クラウスのものならなんでも取り込みたかった。

知りたかった。覚えておきたかった。

抗えない時の流れに埋もれてしまうなら――いいや、絶対にそんなことはさせない。

絶対に。

胸の裡を汲み取ったかのようにクラウスがずくんと最奥を突いて、ぐりぐりっと先端をねじ込んできた。滲み出す滴が最奥に擦り付けられて、孕《はら》んでしまいそうだ。

「……っう、も、もう、だめ、です、だめ、がまん、できな……っ！」

「いきそうかい？」

「ん、ん、あっ、いく、いっちゃう……！」

掠れる声を呑み込むようにクラウスがくちづけてきて、腰をぐっとひねる。それが凄《すさ》まじくいいところに当たって、耐えきれずに里央は高い声を上げて極みに達した。

かき抱いてくるクラウスもまた、間を置かずにどっと撃ち込んできて息を切らす。長く放埓《ほうらつ》な射精は生々しく、熱い滴で里央の体内を満たしていった。

これが夢であるはずがない。現実だ。

いま、里央とクラウスは同じ空間、同じ時を生きている。

「っはぁ、あ……あ……」

「リオ……リオ」

頬擦りしてくるクラウスを抱き留め、その背中を掻くさする。

なんて広く、頼りがいのある背中だろう。

これを自分は守るのだ。

「……リオ」

その声にはまだ情欲の色が強く滲んでいたから、里央もこくんと頷く。

いっそ、彼の子を宿せたら。

そう願うほどにクラウスを求めていた。だから両頬を手で包み込み、頤を上向ける。

次のくちづけとともに、さらなる深みをねだるために。

どこまでも奔放な快楽に耽《ふけ》りたい。

現実なのだとこころに刻みながらも、これはいつかまた目が覚める夢なのだと知っていたから。

9

重だるさが四肢に残っていた。夢かうつつか。

逞しい腕を探しながら目覚めれば、見慣れた室内が視界に映った。

ああ、また。

また戻ってきてしまった。

何度達したかわからなくなった最後にくたくたになって一瞬眠りに落ちてしまったのだろう。それが里央を現実の世界に引き戻したのである。

ぼうっと身体を起こし、まだじわりと熱の籠もる指先をじっと見下ろす。

そこでふと気づいた。身体の最奥からとろりと残滓が零れ出していることに。

「あ……」

クラウスが残したものだ。

とろとろとあふれ出すクラウスのもの。

それをどうにか体内に引き留めておきたくて身体をぎゅっと丸め、里央は身も世もなく泣きじゃくった。

助けられるか、自分にできることはないか。

思いきり泣いたあとにやってきたのは自分でも驚くほどの強い意志だ。

もう、ほんとうに時間がない。

次の夢を見たらクラウスに会えるのは最後となる気がした。

すぐさま里央はカフェに出勤し、いつもどおりに仕事を終え、帰り際、アンティークショップに立ち寄った。

一時、クラウスの肖像画の額縁を替えようかとも考えたのだが、古びた額ごと大切なものになっていたから、用件はそれではない。

ちいさな店内にはさまざまな品が置かれている。

食器、宝飾品、家具、すこしの衣類も。

穏やかな年配の女性が店の主だ。品々を検分する里央に余計なことを話しかけてこなかったので、落ち着いて見ることができた。

求めていたものはガラスのショーケース内にあった。

美しい装飾が施された懐剣《かいけん》が数本ある。

本物の護身用というよりは、飾りに近いだろうそれをケースから出してもらい、見てみる。

そのうちの一本がしっくりと馴染む。

銀でこしらえられているというそれは鞘も柄もシンプルで、値段も手頃だ。

鞘を抜いてみると、照明を受けてきらりと刃が輝く。

懐剣を包んでもらい会計を終え、まっすぐに自宅に戻った。

それから風呂に長いこと浸《つ》かり、全身を綺麗に清める。

新しいパジャマと下着を身に着け、懐剣を握り締めながら肖像画を見つめた。

あちらの世界から燭台を持ってこられたのであれば、強く願えばこの懐剣も運べるはずだ。

買った日から輪郭がどんどんはっきりしているクラウスに、「いま、おそばに参ります」と呟き、里央は枕に頭をつける。

夢の中のオーエリンは時間の進み方が早い。先ほど大原に電話して確認したところ、オーエリンが歴史から消え去ったのはとある夏の日だそうだ。

夢の中のオーエリンの季節は冬に入ったばかり。歴史どおりであれば、シュナイダルが攻めてくる夏までに六か月ほどの猶予があるはずだ。しかし先日のクラウスの話では一刻を争う状況だった。

もし自分が夢を見ず、歴史に介入していなければ、シュナイダルが攻め込んでくるまでもっと時間に余裕があったのではないだろうかと思う。

これが歴史への干渉か。

自分が過去を変えてしまったという災いか。

歯噛みしたくなるけれど、悔やんでいる暇はない。

いま、できることはただひとつ。

強く意識して懐剣を握り締める。

緊張と興奮で寝付けないだろうかと思ったが、あちらの世界が里央を必要としているみたいだ。

深い沼に引き込まれるように、里央はことんと眠りに落ちた。

10

はっと気づくと、あたりは騒然としていた。

遠くで大勢の者が駆ける足音。入り混じる怒号。

何度か瞬きし、いまいるのがクラウスの私室だということに気づき、慌てて彼の姿を探した。

広々とした私室に人気はない。扉が半端に開いていた。

几帳面なクラウスとカイエンが王の私室の扉を開けっぱなしにしていくわけがない。

なにか異変が起きたのだ。

ふと手元に目を落とすと、あの懐剣を握り締めていた。

あちらの世界の品物を持ち込むことができたのだ。

パジャマ姿だったが、気にしていられるか。

クラウスを探さなければ。

「クラウス様！　カイエンさん！」

廊下に飛び出し、あたりの惨状に目を瞠った。

つねに美しく清められていた廊下がひどく汚れている。

軍靴の痕がそこかしこに残り、ここでいったいなにが起こったのか、目覚めたばかりの里央でもすぐにわかった。

痺れを切らしたシュナイダルが乗り込んできたのだ。

肌を刺す寒さに、季節が冬であることを知る。やはり歴史が変わってしまっている。

自分のせいなのだと思ったらにわかに焦りが生じてきた。

クラウスはどこにいるのだろう。カイエンとともに逃げ出してくれていればよいのだが。

アネットたち家臣も皆無事でいてくれなければ。

叫び声がする広間を避けてあちこちの部屋をのぞいたものの、どこも空っぽで荒れている。

栄華を誇ったオーエリン城が崩れていく。敵の手に落ちていく。

もうひとつ部屋をのぞくと、血だまりの中に兵士が数人伏していた。

あまりのことに青ざめ、ぎゅっとくちびるを噛み締める。

二十二年生きてきて、ひとが死んでいるのを間近に見たのはこれが初めてだった。

もう、夢じゃない。

里央にとってここは過去の場所であっても、実際に起きた出来事なのだ。

「カイエンさん、クラウス様……！」

大声を上げると敵に見つかるかもしれないから、念じるように囁きながら小走りに廊下を駆けていく。曲がり角を折れたところで、誰かにぐっと片腕を引っ張られた。

叫ぶ前に、手のひらで口をふさがれる。

急いで振り返ればカイエンだ。

「なんて危険な場所にいらっしゃるのですか。ここは危ない。リオ殿も早くお逃げください」

「クラウス様は？　あなたはどうするんですか。シュナイダルが仕掛けてきたんですか？」

「今朝未明に。――私は、これから陛下の命を受けて城を出るところです」

苦しげに呟く彼は、脇に一枚の絵を抱え持っていた。

「それは……」

「陛下の肖像画です。これを持って私に逃げろと我が君は命じられました。この絵が、陛下と、オーエリンの生きた証。それを後世に残すよう、陛下が厳命されたのです。……これは私が戯れに陛下を描いた一枚なのです」

できることなら私も一緒に戦いたかった。

悔しそうに言葉を押し出すカイエンが抱えている絵が見たい。

「見せてもらえませんか」

「これですか？」

物陰で見せられた肖像画に、あっと声を上げた。

あの絵だ。里央がフリーマーケットで購入した絵だ。

仕上げてそう間もないのか、まだ絵の具が艶めいている。

「クラウス様は……」

「自ら志願した数人の兵とともに城の大扉に向かっております。外にはシュナイダル軍が押し寄せています。すでに数人の兵に乗り込まれましたが、なんとか制圧しました。ですが――間もなくこの城は、崩れます」

「そんなこと、絶対にさせない。僕はあのひとの番です。僕が許しません」

「ですがリオ殿、陛下はこうも言われました。『もしも城内のどこかでリオに会ったら、ともに逃げてほしい』と。私は陛下のお言葉を無下にできません。リオ殿、私と一緒にここを離れてください」

「だめです！」

摑まれた腕を勢いよく振り払った。

自分の中にこんな力がひそんでいるなんて思わなかった。

カイエンも啞然《あぜん》としている。

おとなしかった里央が激昂《げっこう》していることにつかの間怯《ひる》み、「ですが」と焦れた声で言う。

「でしたら、どうなさるのですか。あなたが陛下をお守りになるとでも？」

「最初からそのつもりです」

「武器など持っていないのに」

「これがあります」

後ろ手に隠していた懐剣を見せると、カイエンは目を丸くし、「こんなものでどうしろと」としどろもどろになる。

ちいさな刃ごときでクラウスを守れるとは夢にも思っていないのだろう。

それもそうだ。里央は剣を持ち慣れていない。

他人と剣を交えたことも、戦ったこともない。殴り合いの喧嘩《けんか》すら。

丸腰同然でクラウスを助けに行くと言ってもにわかには信じられないのも無理はない。

惑いがカイエンの胸の裡で渦巻いているのがわかる。

彼はいますぐにでもここを脱出しなければいけないのだろう。主の最後の命を受けて。

しかし、里央の言い分も気になるようだ。

「戦いの経験は？」

「ありません」

「どうやって陛下を守るのですか」

「この身に代えても」

目に力を込めて言った。そうだ。この身に代えてもクラウスを守る。

「あなたはクラウス様の言葉どおり、その絵を持って逃げてください。その絵が、長い時を経て――ひとびとの手を渡り、遠い未来で誰かが……陛下と、オーエリン、カイエンさんが生きていたことを証明します。多くの民たちも。各地にちりぢりになった民たちの子孫が、クラウス様の肖像画を目にするときがきっと来ます。お願いです。僕の言葉を信じて、この場は任せて逃げてください。――早く！」

鋭い声に、カイエンがびくりと身体をこわばらせる。そして、ぐっと息を呑んだ。

「御意。陛下のおこころはあなたとともに。ですが、私個人の言葉も留めてください」

「はい」

「けっして、死なないでください。陛下は城と命運をともにするおつもりですが、私はそんなことは望んでいない。リオ殿、あなたが運命の番ならば、どうかあの方をお守りください。――正面の扉をシュナイダル軍が破ったら、陛下はある仕掛けを施して、城を崩壊させます。その前にどうか陛下を連れてどこかへ逃げてください」

「わかりました。かならず」

「かならずですよ。では、私はこれで」

きびすを返したカイエンが、数歩先でぱっと振り返った。

「いつか……また、どこかであなたと陛下に会いたい。それと、アネットも一足先に脱出しております。あの子は私の妹です」

そうだったのか。彼らは兄妹だったのか。

可愛い笑顔を振りまいてくれたアネットの無事を聞き、胸のさざ波も落ち着く。

「……また、いつかどこかで」

「約束してくださいますか」

「します。だからカイエンさんもどうかご無事で」

「――失礼！」

カイエンは走り去っていった。

廊下の奥にはいつぞやクラウスが連れて行ってくれた厩《うまや》に繋がっているのだろう。

腕の立つカイエンならば、きっと遠くまで逃げられる。

どうか。どうか無事で。

それだけを願って、里央も駆け出した。


クラウスがいるのは城を守る大扉だ。そこを目指して一目散に走った。

息が乱れ、背中を汗が伝う。

湿った手で握る懐剣をすべり落としそうですこしも気が抜けない。

大きな広間にもひとびとが剣を手に倒れていた。

息絶えた者たちを視界に入れたくないが、あえて直視した。

このひとびとが、城を守ろうとして果てたのだ。きっとクラウスに国を出るように命じられたにもかかわらず。

クラウスも、いままた。

「――クラウス様！」

大階段を駆け下りた先に数人の塊があった。

彼らの前には両開きの扉。それを外側から打ち破ろうと重い音が腹の底まで響いてくる。

「リオ！」

白い軍服を身に纏ったクラウスそのひとがぎょっとした顔で振り返った。

まさかここに現れるとは思っていなかったのだろう。しかもパジャマと裸足という無防備な姿で。

彼の周囲を軍服を着た衛兵たちが取り囲んでいた。おのおのにぎらりとした抜き身の剣を携えて。

肩章からまばゆく垂れ下がる金のモールが勇ましいクラウスが顔を顰めて荒々しく軍靴を響かせて近づいてくる。里央の肩を痛いほどに掴み、顔をのぞき込んできた。

「いけないリオ。すぐに逃げなさい。ここは血の海になる」

「それこそだめです。あなたも、ここにいるひとたちも逃げてください」

「聞き分けが悪い子だな……扉の外にはシュナイダルの大軍がいるんだ。私たちに構わないで、君は身の安全を――」

「僕があなたたちの安全を願ってはいけませんか！」

死に急ぐような言葉にかっと頭に血が上る。

生まれ育った時代が異なるから、価値観も違う。

クラウスのこの時代では戦争は幾度もあり、日々気が休まらなかったのだろう。

対して自分はどうだ。晴れた休日にのんびり起きて、美味しい朝食を取り、そのあとぶらぶらと散歩に出かける。

生まれた時代が違うから。

そのひと言ではもう片づけられない。

ここに至るまで見てきたひとびと、そしてクラウスたちが敷いてきた道があるからこそ、いまの里央の時代に繋がっているのだ。

「リオ」

涙を滲ませて声を荒らげる里央にクラウスは困惑している。

「城とともに命を落とすつもりなんでしょう？　そんなことはさせません。お願いですから、僕と一緒に逃げてください。城は崩れても、あなたを失うことはできない」

「だが、……しかし」

いつになく真剣な里央の言葉にこころを揺り動かされているようだ。

クラウスは難しい顔で思案し、ようやく腹が決まった顔で、衛兵たちを呼び寄せ、「逃げなさい」と命じる。

「ですが！」

「陛下をひとり残して立ち去れません。我ら死のうともオーエリンの誇りを見せてやらねば」

「そうです。これ以上シュナイダルに汚されては――」

「王としての勅命だ。皆、いますぐここから立ち去るように。できるだけ遠い場所へ逃げてくれ。厩舎にまだ何頭か馬が残っているだろう。できれば同盟国へ。そして命を……大事にしてくれ。私と最後をともにすることはない」

「陛下！」

「私には、リオがいる。そうだろう？」

真摯な蒼い瞳で問うクラウスにこくりと頷く。

ともにいる。

彼を救い出すのが一番の願いだが、それがもし叶わなかったら彼を最後まで守る。

命尽き果てるまでそばにいる。

この魂、運命はクラウスとともにあるのだ。

泣きそうになっている衛兵たちの肩を叩き、「さあ、もうお行き」とクラウスがやさしく言うと、ひとりまたひとりとよろけながら歩き出し、すぐさま城の奥へと駆けていく。

最後のひとりを見送ったところで、ふたりきりになった。外の怒号は続いている。

「いいんだね、リオ。どうあろうと、私のそばを離れるな」

「もちろんです。僕はあなたを守るためにこの世界に来たんだ。いま、わかりました」

「君は意外と頑固なんだな」

こんな場なのにくすりとおかしそうに笑ってクラウスが頰にくちづけてくる。

どおん、と大扉を叩く音がする。

ぱっとふたりは顔を離し、寄り添った。

シュナイダル軍が外から大扉を破ろうとしているのだろう。

「――来るぞ、リオ」

「はい」

クラウスは長剣を、リオは懐剣を構えた。

多勢に無勢とわかっていてもなお、挑む戦いがある。

どおん、どおん、と腹の底に響く音が続き、めりめりと嫌な音とともに扉に裂け目が走っていく。

それはあっという間のことだった。

斜めに歪《ゆが》んだ亀裂がびしりと大きく割けていき、眩しい陽の光が一条射し込んできた瞬間だった。

力を失った大扉が内側にふくれるようにして、ぎしりと開いていく。

「オーエリン、覚悟！」

割れるような声を合図に耳にこだまするほどの軍靴がなだれ込んでくる。

先頭に立つ兵士が大剣を振り上げていた。

その勝利を悟ったような顔を認識するなり、クラウスがすかさず真正面に立ち、長剣を斜めに振り下ろす。

ぱっと飛び散る生温かい血。

クラウスが敵兵を斬ったのだ。

鋭い刃が力のかぎりぶつかり合う音。続くふたり目も三人目も――となったところで、床に倒れた敵兵の血だまりでクラウスが足をすべらせる。

ぐらりと傾ぐ彼を慌てて背中から支え、抱きついたときだった。


「ぐ……っ！」


敵兵の剣がクラウスの腹をまともに貫き、それは背後にいた里央までも。

腹の中がびりびりと焼け付くようだ。

痛みは鮮烈で、一歩間違えば意識を失いそうだが、けっしてそれはできない。


「リオ……！」


死なせない。絶対に死なせない、死なない。

熱い血をどくどくと流しながらクラウスが肩越しに振り向いた。

寸前、なにを思ったのかクラウスが里央のうなじを掴み、がりっと歯をきつく食い込ませてくる。

アルファとしての彼の熱い想いが一気になだれ込んできて、茫洋としていた意識を目覚めさせた。

噛まれた、うなじを噛まれた。

アルファのクラウスにうなじを噛まれたということは、運命の番としての契約を果たしたのだ。

彼は不敵に微笑んでいる。この期に及んでとても嬉しそうに。

だから里央も背伸びをして彼にくちづけた。

勝ち鬨《どき》を上げて軍勢が駆け込んでくる。

くずおれるクラウスに強く覆い被さり、ぎゅっと瞼を閉じた。

「――あなたを連れていく……！」

11

泥のような眠りの底からもがきながら意識が浮上していく。

「あっ……！　あ、あ、っ」

ばくんと跳ねる鼓動とともに飛び起きた。

はっはっと犬のように荒い息をつき、咄嗟に腹に手をやる。

そこにはなんの痛みもなかったが、奥底にずぅんとした重みがあった。

夢であって、夢ではないのか。

パジャマを脱いで確かめても、傷跡ひとつない。

確かに貫かれたのに。シュナイダル軍の剣をクラウスもろとも受けたのに——生きている。

そのことを確かめるために何度も息を吐き、吸い込んだ。

まだ夜明けだ。カーテンのドレープの隙間をのぞけば、夏の終わりの薄い青空が窓の外に広がり、きらきらした陽射しが室内に射し込む。

いつもの部屋、いつもの里央の部屋。

１ＤＫのちいさなアパート。

ふと、シングルベッドがきついことに気づいて傍らを見下ろし、思わず息を呑んだ。

そこにいたのは、豪奢な金の髪をした男。

白い軍服を纏い、瞼を閉じている。肌の色は病的に白い。

慌ててタオルケットを剝ぐと、腹のあたりは切り裂かれ、鮮やかな血が滲んでいた。

頭の中が真っ白になって衣服を無理やり剝ぎ取る。

鍛え抜かれた裸身には、どうしてだか傷跡ひとつない。まじまじと見つめたが、痣《あざ》も切り傷もなかった。

「クラウス様……どうして、クラウス様……？」

茫然と呟いた里央の声を拾ったのだろう。クラウスの瞼がぴくりと動く。

それからゆっくりと瞬きし、里央を視界の真ん中に捉えると、その口元が驚愕によってかすかに開いた。

「リオ……」

「クラウス様、生きていた……んですね」

「私が……」

私は、死んだのではないのか？

魂が抜けたようなクラウスがふらふらと起き上がり、狭い室内を見回す。

眩しい朝光が彼の髪をまばゆく輝かせている。

その光は蒼い瞳にも射し込み、いつか彼の国で見た澄んだ湖を思い出させた。

なんて美しい、奇跡のような男だろう。彼が国そのものだ。

「ここは……」

「僕の部屋です。正確に言えば、僕の世界です。あなたを連れて逃げ出すことに成功したんですよ」

「まさか……まさかそんなことが」

クラウスは剣で貫かれたはずの腹を指先で撫で、ぼうっとしている。

その身に起こった出来事がまだうまく飲み込めないようだ。

「あのとき、あなたは僕のうなじを噛んでくれましたよね。あれが僕らの運命を決定づけるものになったんです、きっと。あなたは生きている。時を超えて、僕の時代に来てくれたんです」

燭台よりももっと逞しく、凜々しく、美しいあなたを。

「リオ……」

彼らしくなくためらいがちに視線を彷徨《さまよ》わせていたが、先ほどから里央がぎゅっとその腕を摑んでいることに気づき、おずおずと顔を傾けてきた。

やわらかにくちびるが重なり、確かな温もりをもたらす。

その意味がクラウスにも伝わったらしい。

「君も……生きているんだな」

「はい」

「私は神に生かされてリオの時代に飛び込んだ——そういうことか？」

「おそらく。説明しきれないことはたくさんあるけど――」

ぎゅっと飛びついて抱き締める。自分よりも逞しい男をかき抱いて、その頑丈な骨組みを手のひらで確かめ、なめらかな両頬を手で挟み込み、顔中にくちづけたあと、やっと視線を交わした。

嬉しさとか驚きとか、感情がない交ぜになって自分でなにをしているかもわからない。

クラウスがほんのりとまなじりを赤くしていることにはっとして身体を離そうとすると、逆に強く強く抱き締められた。

「リオ……！」

肩口に顔を押しつけ、堪えきれない嗚咽《おえつ》を漏らすクラウスの背中をやさしく撫でる。

遠い時を経て、生かされた命がここにあった。夢が現実になった瞬間だ。

「リオ、リオ……君とまたこうして抱き合えるなんてとても信じられない。私は夢を見ているのか」

「いいえ、これがいまの『ほんとう』です。クラウス様は守りたいひとを守り抜き、最後は僕に命運をゆだねてくれた。だから、いまこうして」

穴が空きそうなほどクラウスの顔を見つめ、里央もまだどこか信じられない気分で頬擦りする。

「……一緒に、生かされたんです。クラウス様と一緒に」

「そう、なのか。……そうなんだな。私は私のままで、新たな時代に来たのだな……」

互いに抱き締め合い、瞳にその顔を映す。

いつまで見ても見飽きない。ずっとこのままこうしていたい。

ちいさく、きゅるると腹の鳴る音がした。ふとクラウスを見ると耳まで真っ赤だ。

「いや、違う、これは――」

そのことに里央は声を上げて笑った。

同時に自分の腹も鳴る。まさに、生きている証だ。それもそうだろう、命懸けの一夜を過ごしたのだから。

「待っててください、すぐになにか作りますね」

「待てリオ」

ぐっと腕を引き寄せられて、里央も素直に抱きつく。

「……ありがとう、リオ。感謝する」

そのこころからの声は、生涯記憶に残るだろう。

冷蔵庫にあった卵とベーコン、トマトにパンを使って簡単な朝食を用意した。スープはインスタントのコンソメ。

国王の彼にしたらあまりに粗末だろうかと思ったが、皿を前にしたクラウスは顔を輝かせ、ひと口ひと口ゆっくりと味わい、「とても美味しい」と呟く。

「こんなに美味しい食事は初めてだ。リオの手料理を味わえるなんて光栄だよ」

「よかった」

里央も胸を撫で下ろし、目玉焼きの黄身をフォークの先端で突き刺す。

とろりとあふれ出す黄色はようやく訪れたしあわせの象徴だ。

トーストを二枚平らげ、満足そうな顔をしている彼に食後の紅茶を淹れてやった。

茶葉はカフェで分けてもらったもので、クラウスは美味しそうに飲み干した。

そのあとは彼にシャワーを浴びてもらった。

コックをひねれば熱い湯が出るという仕組みにクラウスは目を白黒させていたので、里央はくすくす笑って照れながら自分も裸になり、一緒に入って彼の髪を泡立ててやる。

コンディショナーを丁寧に擦り込めば、黄金の髪が艶めきを取り戻す。

肌もしっとりしている。

途中からクラウスも同じことをしてくれたので、ふたりして泡だらけになり、笑ってしまった。

さっぱりしたところで、買い置きしていた新品の下着と大きめのルームウェアをクラウスに渡す。

里央は部屋でくつろぐとき、ゆったりしたサイズのウェアを好んでいたからちょうどよかった。

と言っても、Tシャツ、ハーフパンツからのぞくクラウスの手足は驚くほど長い。

「あなたに似合うサイズの服、急いで買ってきます」

「どこかに出かけるのか？」

「すぐそこのお店に。高くないもので申し訳ないんですが、とりあえず近所を出歩けるぐらいの格好がいいんじゃないかなって」

「気を遣わせてすまない。私も付き添いたいんだが」

「クラウス様はもうすこし休んでいてください。まだお疲れでしょうし。いろいろと混乱しているでしょう？　起きるたびに元気になりますから、いまはゆっくりしていてください」

「……わかった」

それでもすがるような目つきを向けてくるクラウスが心配だから、ショッピングセンターに走っていった。

ＬＬサイズのコットンでできたウェアと下着を数組、踵《かかと》のついたサンダルも買った。

ほんとうならシャツとパンツ、ちゃんとした靴を用意したほうがいいのだろうが、クラウスがこの世界に馴染むまではこれぐらいでいいだろう。

帰りにコンビニに寄って牛乳とヨーグルト、厚切りパンを籠に入れ、ついでにとワインも買った。

今日は無事帰還の乾杯と洒落込もう。

「ただいま、クラウス様」

眠っているかもしれないからと小声で囁きながらそうっと自室の扉を開ければ、奥のベッドでクラウスは身体を丸めて眠っていた。

タオルケットと一緒に、里央が脱ぎ捨てたルームウェアを抱き締めて。

「もう……」

可愛いひとだなと何度でも惚れ直してしまう。

一国の主だった男が里央の残り香を求めるようにして服を抱き締めているのを見ると、胸に温かな思いが滲んで視界もぼやけてしまう。

「ほんとうに生きててよかった……」

彼に頬擦りすると、眠たげに瞼を開いたクラウスがやわらかに微笑む。

「……眠っていたよ。おかえり、リオ。……夢ではないのだな」

「はい、現実です」

「私は……もうあちらに戻ることはないのだな」

「……はい」

オーエリンという国は滅んだから。

そんな簡潔な言葉で終わらせたくなくて、慎重に口を開く。

「あなたと僕は運命の番……だから、時空を飛び超えることもできたんだと思います。あの時代に生きていたクラウス様はつねに死と隣り合わせだった。そして、まだ運命の番とも出会っていなかった。僕も、そうです。たったひとりの番と出会うためにこちらの世界で生きてきました。僕が絵を買ったことであなたと出会えた」

クラウスは静かに耳を傾けている。

「目には見えない力が僕らを引き寄せ、死に直面していたあなたをこちらの世界に呼び込むことに成功した。僕は、この世界での生がまだ残されているから、クラウス様を連れてくることができた――そんなふうに考えられませんか？」

「そう、だな……すべては肖像画から始まったんだったな」

半身を起こした彼とチェストの上を見やり、あ、と息を呑んだ。

そこにあったのは、白いキャンバスを覆う額縁。

「なにも描かれてない……」

キャンバスには一線の痕もない。

たったいま貼り終えたばかりのようなまっさらなキャンバスをふたりして見つめ、互いに頷く。

ここにクラウスがいる。血の通ったクラウス本人がいる。

絵は、役目を終えたのだ。

だから白紙に戻った。

「私は……この世界に馴染めるだろうか。いや、……リオがいてくれれば大丈夫だね。私の世界に君が飛び込んでくれたように、私も君の世界に飛び込むよ。リオ、君さえいてくれれば」

ゆっくりと手が伸びて頬を撫でてくる。

それに素直に従い、里央も身体を寄せた。猫みたいにしなやかに。

クラウスの指が辿っていく肌が火照り、くちびるに熱が灯る。

乾杯は、もうすこしあとになりそうだ。

12

「それで、あらためてなんと呼べばいい？　クラウス様？　陛下と呼んだほうがいいんだろうか」

「いや、ただのクラウスで構わない。いまはもう無位無冠のただの男なのだから」

「でも……クラウスさん、全身からあふれ出す気品がただ者じゃありませんよね。肖像画よりもずっと男らしくて綺麗な方なんだし」

「仁科さんには大原さんっていうベストパートナーがいるでしょう？」

「早速焼き餅《もち》を焼かれた」

軽くくちびるを尖らせて隣のクラウスの腕に抱きつくと、向かいに座る大原と仁科が笑い出す。

英語に中国語、フランス語にドイツ語ができる大原のおかげで、四人の座は和やかだった。

仁科もパートナーから日々ドイツ語のレッスンを受けており、簡単な日常会話ならできるようになった。

里央もまた、毎日クラウスに日本語の基礎を教え、こちらの世界でも暮らしやすいようにとこころを砕いていた。

今夜は日本語とドイツ語が入り乱れるという賑やかさだった。

「のろけられたね。長いつき合いのある俺たちから見たら羨ましいぐらいいちゃいちゃしちゃって。

もしかして、ふたりにとってお互いが初恋？」

　からかうような仁科の口調に、クラウスがひとつ頷く。

「最初で最後の恋だ。リオ……リオは、私にとって命の恩人で、運命の番で、生きていく中でたったひとりの恋人だ」

「……完璧な告白。慎一さん、こんなロマンティックな台詞、書ける？」

「ちょっと難しいな……時を超えた大恋愛は映画か小説でしか見たことがなかったし」

　大真面目な顔をしている大原と仁科に、今度はクラウスと里央が吹き出してしまう。

　クラウスがこちらの世界に来てから約一か月。

　最初はアパートの近所だけを歩くに留めていたが、すこしずつ範囲を広げ、クラウスにこの世界に馴染んでもらおうと彼がしたいようにさせていた。

　初日、二日目こそは戸惑っていたクラウスだが、三日目以降はあらゆるものに興味を示し、家事をこなす里央のあとをいちいちついて回り、「私もやってみたい」と掃除機を手にするほどだった。

『ここがスイッチです。これを押すと床のごみを自動的に吸い取ってくれます。狭い場所はノズルを付け替えて……』

『ほう、なんとも便利な時代だね。文明とはこのように大進歩を遂げるのか。夜だって蠟燭を使わずとも明るいし、料理だってすいっち……？　をひねると自動的に火が点く。私の時代ではその都度薪をくべていたのだが』

『この世界でなにが一番気に入りました？』

『難しい質問だな……四角い箱のスイッチを押すといつでも大勢のひとが喋ったり笑ったり歌ったりしているし、君に貸してもらったスマートフォンとやらでいつでも音楽が聴けるのもいい。私の時代にもあった音楽を聴けるのはいいな。でも一番となると……風呂だろうか』

『お風呂ですか』

『ああ、君が仕事に行っている間、スポンジで隅々まで綺麗に掃除して、熱い湯を張って浸かるのがなんとも心地好い。入浴剤、というのも楽しいね。花の香りや緑の香りとさまざまあって、芯から温まる。シャワーで髪を洗うのも楽しい。いつもシャンプーを出しすぎて泡だらけになってしまうのが自分でもおかしいが』

そんなふうに、クラウスは日々の出来事をひとつひとつ、身振り手振り楽しそうに語ってくれた。

里央にとっては当たり前の日常だが、クラウスからしたらなにもかもが新鮮なのだろう。

部屋が幾つあったかわからないほどの城に住んでいた彼だから、ここはさぞかし窮屈で狭いだろうと案じたのだけれど、思いの他、クラウスは居心地がいいらしい。

１ＤＫの部屋をつねに清潔にし、気持ちよく過ごせるよう気遣ってくれている。

ときどき、窓の桟《さん》に頬杖《ほおづえ》をつき、外をぼうっと眺めていることもあった。

見慣れない景色を不思議がっているのか、それとも置いてきた過去を思い出しているのか。

里央はその姿を静かに見守った。

言葉を交わさなくても、ふたりでいられる。

それだけでこころが満たされるし、クラウスの深いところにまで土足で踏み込もうとは思わない。

逃げおおせたはずの民たち、兵士たち、お付きの者、そしてカイエン、アネット。

彼らの無事を願わない日は一日たりともない。クラウスもきっとそうだろう。

秋晴れの青空、電灯に押しのけられてぽつんと星が輝く夜空に見入る横顔は、しかし憂えているふうではない。

どこか懐かしそうな目をしているクラウスの隣で、里央はおとなしくテレビを見たり、本を読んだりして過ごしていた。

それだけで、もうほんとうにそれだけで満足なのだ。

——あなたと一緒に過ごせるだけで。

今朝は起きたら朝食の準備が整っていた。すこし焦げ目のついた目玉焼きにベビーリーフとトマトを使ったサラダ、そして蜂蜜を塗ったトースト。

元とはいえ国王に下働きのようなことをさせるのは恐縮したが、「どうしてもやりたいんだ、リオと暮らしていくために」と笑顔で言われたら断れない。

そして今夜、ふたりは大原たちと約束し、居酒屋『わやわや』に訪れていた。

十月半ば。

里央はベージュのパーカにジーンズという格好で、クラウスといえば端整なクリームイエローの七分袖シャツに細身のチェックパンツ、ウイングチップの靴を合わせていた。洒脱なスタイリングは大原によるものだ。

クラウスがこちらに来て一週間目、里央は彼とも相談して、一番事情を知っている大原と仁科に事の次第を打ち明けたのだった。

御伽噺のような事実に大原たちは唖然としていたものの、里央のアパートに来てクラウスをその目で確かめるなり、ひと目で信じた。

クラウスの高貴な振る舞い、気品ある笑みや言葉遣いで里央の語った物語が現実となったと知ったのだろう。

それからというもの、日に一度は大原か仁科が部屋を訪れ、里央とともにこの世界のならわし、そして言葉をクラウスに手ほどきしていった。

クラウスは呑み込みが早く、「手のかからない国王様だ」と大原が顔をほころばせていた。

二週間ぐらいまではずっと里央が付き添っていたが、一か月も過ぎればクラウスはひとりで近所に出かけることもし、しばし散策を楽しんだり、買い物をしたりして無事に帰ってくる。

まだ覚えることは山のようにあるだろうが、大原と仁科という頼もしい友人たちのおかげで毎日毎日、すこしずつ日常にクラウスが馴染んでいくことを里央はことのほか嬉しく感じている。

それともうひとつ、今日は大きな報告があるのだ。

「君たちのおかげで無事に私は卯月クラウスになった。こころから礼を言う。ほんとうにありがとう」

「いえいえ、そんな。全部大原さんがやってくれました」

「単なる小説家なんだけど、いろいろとツテがあるんだよね」

ちらりと小耳に挟んだところ、大原の家系は代々官僚を輩出している一家なのだとか。

顔が利くと言ったら失礼に当たるかもしれないが、たいていのことは家族内に相談すれば解決するという。

『と言っても身内でひとり小説家なんてなった俺は異端児扱いで、家族の集まりでは末席もいいところだけどね』

大原がそう苦笑していたものだ。

彼が奔走し、あれこれと手を尽くしてくれたことで、クラウスは里央の養子となった。

そのからくりについては『内緒』と大原が見事なウインクで封じた。仁科も聞いていないという。

しかし保険証はあるし、住民票もある。

いったいどうやったら過去の人物の戸籍など作れるのだろう。

深く訊いてみたいのはやまやまだが、野暮という言葉を里央も知っている。

この恩は忘れず、今後長くよいつき合いを経て返していこう。

家族のいない里央にとって、クラウスは年上の弟ということになる。なんだかこそばゆい。

「今後はリオを兄君と呼んだほうがいいだろうか」

「もう、からかわないでください」

すっかり『わやわや』の料理のファンになったらしいクラウスがじゅうじゅうといい音を立てる唐揚げに箸を伸ばしながら微笑む。グラスビールを持つ手がやたら優雅だ。

ぶりと大根の煮物も美味しいし、限定メニューの松茸《まつたけ》の土瓶蒸しには目を瞠っていた。難儀していたのはさんまの塩焼きぐらいだろうか。

細かい骨を取りのぞくのが苦手なようなので、里央がすべて綺麗にしてから渡した。

ほくほくのさんまはクラウスの口に合ったらしく、グラスビールのあと、日本酒に切り替えた大原と杯を交わしている。

「クラウスさん、お酒強いんですねぇ。もともとそう？」

「立場上つき合いが多かったからね。たいていの酒は呑めるが、この冷酒というのはなかなか酔いそうだ。でも、いざとなったらリオが介抱してくれるから」

甘えたいのか、肩口をとんとぶつけてくるクラウスを横目で睨み、「ほどほどにしてくださいね」と口を挟む。

「わ、新婚さんだ新婚さん」

はやし立てるふたりに顔を赤らめ、わずかばかりに姿勢を正そうとするが、そのぶんだけクラウスが寄りかかってくる。

重い枷《かせ》を外され、自然な甘え方を知ったのだろう。

己を厳しく律することも大切だが、ふとしたときにこころをゆるめられる存在がいるというのもとても大事だ。

里央にとっても、普段凛《りん》としたクラウスに甘やかされるのは嬉しいし、甘えられるのはもっと胸が躍る。こんな自分でも存外役立つのだ。

「私がこの世界に生き延びたことで、歴史は改ざんされてしまったのだろうか」

「まあ、すこしだけ。クラウスさんがこちらに来たという第一報を里央君から受け取って、俺は真っ先に手持ちの歴史書を開いた」

そこに記されていたのは、以前とやや異なっていた。

オーエリンはやはりシュナイダルに攻め込まれ、その後アルドも侵略されてひとつの大国となったが、繰り返される戦争の中でシュナイダルもろとも時の中に消えていったのだとか。

いまではその名を記した文献も大原所蔵のものをのぞいてはほぼ皆無で、覚えているひともいないだろうと彼が言っていた。

肝心のクラウスは生死不明と記されていた。

どこかに逃げ延びたのではないかという記述もあったが、確証に至るまではいかず、文章は曖昧な結末で締めくくられていた。

それを聞いてクラウスがほっと胸を撫で下ろす。

生きていたか死んでしまったか、その両極端な事実が文献に残されていたとなれば現代にも大きな影響を与えるだろうが、ちいさな国の王が戦のさなか、兵も持たずに消息不明となったなら、たいていのひとはどこかで命を落としたと考えるのが自然だろう。

　それこそ、当時の大国であるシュナイダルですら現代の流れからは消えつつあるのだし、いまさらオーエリンの名を記憶の片隅に引っかけてあら探ししようとする者もいないはずだ。

「とにかく、こうしていろいろと落ち着いてきたしなにより、クラウスさんはこれからどうするの？」

「こら仁科、突っ込んだこと訊かない。クラウスさんがこっちに居着いてまだやっと一か月ってところだろう。今後のことは追々考えていけばいいんじゃないのか。なんだったら、俺たちが支援するし。戸籍を作ったぐらいだしね」

「ありがとう。まだこちらの仕組みに慣れていない部分があるが、リオや君たちばかりに世話になるのも申し訳ない。大原さんに身元を保証してもらったことだし、私でも働けるものなら働いてみたいと思う。いままでは世話されていた立場だったから……世話をする側にも回ってみたい気がするんだが、どうだろう」

「なるほど。んー、クラウスさんやさしいし、穏やかだから、ベビーシッターとか？　さすがにコンビニ店員にこんな美形がいたらびっくりするし」

　いずれ、と仁科が杯を舐める。酒豪の大原とは違い、仁科はすこしの酒で酔うタイプだ。

「いずれさ、ふたりの子どもを作るかもしれないでしょ？　ベビーシッターなら、予行演習にぴったりだと思うんだよね」

「元王様にあやされる赤ん坊か。光栄だろうな。それもいいが、その容姿を生かしてモデルはどうだろう。仕事柄、俺は出版社とのつき合いがあるから、読者モデルから始めてもいいと思う。クラウスさんほどの容姿ならすぐさま声がかかると思うぞ。長身、金髪、蒼い瞳、なめらかな白い肌。どれを取ってもスターの証だ。どう？」

大原が身を乗り出してくる。彼の頭の中では早くもクラウス芸能界デビューの設計図ができあがっていそうだ。

子どもに懐かれるクラウスもいいし、ライトを浴びて艶やかに微笑むクラウスも見てみたい。

でも、とほんのりとした不安もある。

「……こんなに格好いいひとを世間に出したら、僕だけのものじゃなくなってしまう……」

「リオ？」

「里央ったら可愛いな。はは、独占欲剝き出し」

「里央君のふくれっ面、初めて見たな」

不思議そうなクラウスとおかしそうな大原たちに首を竦めた。

幼稚な感情をあらわにして恥ずかしい。自分もたいがい酔っているみたいだ。

「リオも酔ったみたいだね。頬が赤い。とても可愛いよ。君こそ表に出したくないな。私だけが見ていたい」

つうっと人差し指で頬をやさしくなぞられ、熱が生まれる。

クラウスは人目をはばからず触れてくる。もともと愛情表現がオープンな性格だ。

ますます顔を火照らせていると調子に乗った仁科が口笛を吹き、大原にごつんと拳を喰《く》らっている。それでも言葉にはできない楽しさとおかしさとしあわせが一緒くたになって、四人顔を合わせて笑い声を上げた。

「さあさあ、新婚さんは巣に戻る時間だ。ふたりで存分にいちゃついてくれ」

「だね。俺も慎一さんにたっぷり甘やかしてもーらおっと。俺、ヒートが近いしね」

「ヒート中の仁科のぐだぐだっぷりを君たちに見せてやりたいよ……」

大げさに嘆息する大原だが、怜悧《れいり》な相貌に似合わず、かいがいしく世話をしてくれることは以前仁科からこっそり聞いている。

そろそろ帰ろうと先に腰を上げ、割り勘にしてもらった。

『わやわや』の主人は今日も笑顔で、「またおいでよね。そっちのハンサムさんも！」と言って、端数をおまけしてくれた。

肖像画の男性とクラウスが同一人物だということは伏せてあったが、「よく似てるひともいるもんだねえ」と鷹揚に言われ、「ですよね」と里央たちも笑顔で返した。

「じゃ、お先に失礼します。大原さんおやすみなさい。仁科君、またカフェで」

「うん、おやすみ。気をつけて帰りなね」

「今夜はありがとう。楽しい夜だった」

「こちらこそ。モデルに興味があったらいつでも声をかけてください」

めいめい挨拶をして、賑やかな店を出た。

腕時計を見ればもう二十三時。

ふああとあくびをしながらつかず離れずアパートを目指して歩き出す。

「この公園で、あなたの絵を買ったんですよ」

通りがかりに大きな公園を指さす。

夏の終わり、フリーマーケットで一枚の肖像画に出会ったのがすべての始まりだった。

「『わやわや』のご主人から譲り受けたその晩から不思議な夢を見て、あなたに会って。いまこうして隣を歩いているのが、自分でもまだどこか夢を見ているみたいです」

「私もだ。真夜中に出会ったね。私の小鳥は深い夜に迷い込んだようだった。最初から……素直な君にとても惹かれていたよ」

クラウスが腰に手を回してくるので、里央も身体を擦り寄せる。

こんな静かな夜だ。

恋人同士がぴったり身体をくっつけて歩いても誰の目にも留まらないだろう。夜の帳《とばり》が隠してくれるはずだ。

「肖像画が僕の手元に渡ったということは――カイエンさんもアネットさんも無事に逃げて、生き抜いたんでしょうね」

「ああ。最後まで私の命を担ってくれた。……この先、生きていけばどこかでいつか、彼の血を引く者にも出会えるかもしれないね。私の民たちにも、ロイドたちの子孫にも、いつか、かならず」

十月の夜空を彩るちいさな星を見上げた。

あの光は遥か彼方にあり、遠い時を経て里央たちの元に届いている。

確かな煌めきを信じるならば、クラウスの言葉もいつしか真実になるだろう。

ふたりきりの部屋に戻り、灯りを点けた。

あらためて見ると、やっぱり狭いなと思う。

もうすこし頑張って働いて、せめて２ＤＫの部屋に引っ越したほうがいいんじゃないだろうか。

そう言うと、背後で靴を脱いでいたクラウスが覆い被さってくる。

「いまは、これでいい。リオを近く感じられるから。君の寝顔も、笑顔も、なにかに思い悩む顔もすべて私の目で確かめたい。感じる顔も」

「クラウス様……」

「そろそろ、普通に名を呼んでもらえないか？　いまの私は君だけの番で恋人だ。近いうちにベビーシッター候補生になる男だ」

「その線、本気ですか」

「子どもは好きなのでね。私でも雇ってくれる先があるなら働きたい。そして君の帰りを待ちたい」

「……うん。僕も」

玄関先で抱き締め合い、軽くくちびるを触れ合わせる。

視線が熱っぽく絡まったのが引き金となった。

今夜のクラウスはいつになく力強い。

以前、彼の城でダンスをしたときよりもぐっと深く腰を抱き寄せてきて、もう片方の手で里央の頤をつまみ、上向ける。

くちゅりと割り込んできた舌に里央も懸命に応え、拙く唾液を交わした。

とろりと身体の中に滴っていく滴が淫らで熱い。

クラウスが目覚めた日も軽く触れ合ったが、彼の身を慮《おもんぱか》って最後まで繋がることはしなかった。

あのときはただ互いの体温が感じられればよかったのだ。

それから瞬く間に日は過ぎ、毎日おはようとおやすみのキスはしていたけれど、明確な情欲を感じながら抱き締められたのはほんとうに久しぶりになる。

きつく舌を吸われて擦り合わせられ、早くももぞもぞと落ち着かなくなってくる。

腰が揺れたことに気づいたクラウスがくすりと喉奥で笑い、腰に回していた手を下ろしていく。

ジーンズの上からやんわりと双丘を揉み込まれ、ん、と甘い喘ぎを漏らした。

薄い肉付きのそこをクラウスはなぜだかとても気に入っていて、身体を繋げている最中もよく両手で揉みしだいてくる。

生地越しに感じる五指が食い込み、ふたつのまるみを淫靡に撫で回し、するりと狭間を指先で擦り上げていく。

それだけでじんと身体の芯が疼くような快感がほとばしり、クラウスの胸に両手をあてがってもっと深いキスをせがんだ。

「……クラウス……様……」

「様は、もういらないよ。君だけのクラウスだ」

「ん、ん、……ク、ラウス……あの、シャワーを……」

「今夜はこのままの君が欲しい。……君もヒートが近いようだね。とても甘く濃い香りがする。番の私だけが嗅ぎ取れる匂いだ」

恥ずかしい。次のヒートまでには二週間ほど余裕があったはずなのだが、先ほどの仁科にあてられたのかもしれない。

ヒート中のオメガに近づくとホルモンバランスが崩れ、自分もヒートを起こしてしまうことがあった。

大原に甘えきっていた仁科を思い出し、自分からもクラウスに身を擦り寄せる。

うずうずと甘痒く渦巻くこの欲望をどうか知ってほしい。

暴いてほしい。

もう、彼だけのものなのだから。

シングルベッドに折り重なるとほとんど余裕がない。

だけど、それが逆によかった。

隙間なくふたり身体を密接することができて、相手の心音まで取り込めそうだ。

覆い被さってくるクラウスがねっとりと舌をくねらせながら里央の口腔をまさぐり、弱い部分をひとつずつ探し当てていく。

上顎をちろちろと舌先で舐られるのがたまらなかった。

歯列をなぞられると勝手に身体がしなり、ツキンと尖った胸の先端が彼にバレてしまう。

器用にシャツを剝いでいくクラウスの指先が尖りをつまみ、くりっと一度ひねっただけで火が点く。

「あ……！」

甲高い嬌声を上げ、思わず彼の頭を両手で抱き込んだ。

指で弄られるだけならまだしも、今夜だって絶対にくちびるで愛される。

それがどうにも羞恥心をかき立てるのだが、止めようにも熟れた肉芽を舐めしゃぶられる快感を知ってしまったら拒むことも不可能だ。

じわじわと顔をずらしていくクラウスは肉芽の根元をこりこりと指で勃たせ、くちびるで吸い上げていく。

やさしく嚙まれたあとには舌先で抉られ、今度は強めに食まれて里央は身悶えた。

「や、やっ、あ、ん、そこ……っあぁ……」

「リオはここが好きだろう？」

「ん、ん、……す、き……好き……」

嘘をつけるたちではないので、正直に打ち明けると恋人は嬉しそうな顔で乳首をねろりと舐め上げる。そこがふっくらと腫れぼったくなるまできつく揉み込まれれば嫌でも下肢まで反応してしまい、どうにもならない。

「クラウス……クラ、ウス……」

「久しぶりだから今夜のリオは欲しがりだね。私もそうだ。君が欲しくてしょうがなかった」

下肢も剝き出しにされて、硬く締まった性器を握られた瞬間、びくっと身体が跳ね、意に反して射精してしまった。

ぐうんと首がのけぞり、口元がわななく。

「あ、あぁッ……!」

やわらかに巻きつく指が火傷しそうなほど熱い。

にゅるにゅると肉茎を扱かれて残滓を搾り取られる間も蕩けてしまいそうなほど気持ちいい。

「ご、ごめんなさい、もっと我慢……するはずだった、のに」

「どうして謝る？　私は嬉しいよ。感じやすいリオを間近に見られて。いまの達する瞬間の顔がとても可愛かった」

「あなたの……あなたのせいです」

「私のせい？」

「……気持ちいいことばかり、するから……」

消え入りそうな声をきちんと拾ったクラウスがにこりと笑い、残滓を指に纏いつかせて窄まりを探ってきた。

窮屈なそこはクラウスの愛撫を丁寧に拾い、しだいにほころんでいく。

疼きっぱなしの中にすうっと長い指を挿し込まれると、どくりと心臓が鳴る。

いつもそうだ。

クラウスの指や彼自身を中に感じるとき、心臓を鷲掴みにされる感覚に陥るのだ。

身体の深いところまで繋がるせいだろう。

他の誰にも明け渡したことのない場所——自分でさえも知らない熱を、このクラウスだけが知っている。

だから、今夜も。

ゆったりとした指先で解されていく肉襞が熱を孕み、たまらなく火照りながらぴっちりと纏いついてしまう。

ぬちゅぬちゅと指を出し挿れされてしまえばもうひとたまりもない。

行為そのものを思わせる愛撫に里央は全身で彼にしがみつき、無意識に腰を押しつけた。

「んぅ、ん、あ、ア、クラウス、っおねがい、……おねがい、あなたが……あなたが……欲しい」

「もう？」

「いじわる、しないで……ください、久しぶりで、とまんない……」

「わかった。じつは私もなんだけどね」

顔中にくちづけてくるクラウスが手早く衣服を脱ぎ落とし、見事な裸身をあらわにする。

象牙色の肌はぴんと張り詰め、仄かに上気していた。

その胸に指をすべらせると、とても熱い。

早く、早く。

腿の内側に指が食い込み、高々と持ち上げられた。

奥まった会陰に猛った切っ先をあてがわれ、すりすりと擦られて断続的に喘いでしまう。

張り出した先端でそこをくすぐられると、むず痒さともどかしい快感が渾然《こんぜん》一体となって里央を振り回す。

早く挿れてほしい、でもゆっくりとでもいい。

繋がったらたちまちこの身体はとろとろの蜜みたいになって際限なくクラウスを欲してしまうから。

そのことはクラウスが一番よくわかっているのだろう。

ひくひくと収縮する襞の始まりを存分に亀頭で舐め回してから、じっくりと貫いてきた。

「ン――……！」

あ、あ、と勝手に息が漏れる。

長大で逞しいクラウスの雄が、中に挿ってくる。

わななく肉襞をいささか力ずくで押し分けながらずくずくと穿ってきて、「あ」とひときわ高い声を上げた里央に気づき、そこを執拗に擦り始めた。

「ん、ッ、んん、あぅ、あっ、あっあっ」

重たい熱を孕んで疼くしこりをごりごりと亀頭でなぶられる愉悦におかしくなりそうだ。

肉洞全体がぼってりと熱いのに、クラウスがいま穿っているところがもっとも熱を持ち、じくじくしている。このまま擦り続けられたら取り乱しそうだ。

「やだ、ぁっ、いく、いっちゃう……！」

「いいよ、何度でも」

がくがくと四肢を震わせて絶頂に達したが、性器からはなにも出ず、硬いままだ。

「中で達することを覚えたようだね、リオ」

「う、ん……っんっんっ、あぁ、そこばっかり……」

ひどく敏感になっている箇所を責め続けられて、里央はとうとう泣きじゃくった。

必死に彼の背中にしがみつき、ぎりぎりと爪を立てる。

それで彼が痛がってやめてくれたら、どうなるのだろう。

ほっとするのか、それとももっと貪欲になるのか。

クラウスはすべてお見通しだ。繰り返し繰り返し里央が軽い絶頂を覚えるぐらいにしつこくそこをなぶり続けた先で、やっと最奥まで深々と埋めてくる。

「これで……全部だよ」

「あ……あ……」

信じられないぐらい硬い楔で貫かれている。

それがすこしでも動くとじゅわりと内側から蜜が零れ出すような錯覚すら覚える。

蕩けて、混ぜて、もうどこからどこまでがクラウスなのか、自分なのか判別がつかない。

ひとつ息を吐いたクラウスが里央の内腿をぐっと掴んで、次第に激しく揺さぶってきた。

「あっ、ふかい、っや、クラウス、おっきい……！」

「んっんっ、おく、おく、とどいちゃ……っう……」

「君のせいだ」

「こじ開けてあげようか」

言うなりクラウスが上体を倒し、ぐんと腰を進めてくる。

それに押されて里央もずり上がったが、クラウスの左手で頭を抱え込まれたから逃げ場がどこにもない。

ただもう身体の真ん中をとびきり熱い剛直が行き来し、火照る襞をたっぷりと淫猥に擦り上げては抜け出ていく。

そのとき、内側がこまかに震えてクラウスをきゅうっと引き留めてしまうのがどうしようもなく恥ずかしい。

もう何度もいっているのに、ヒートがもたらす快感の底には辿り着けていないようだ。

狭いベッド上で膝裏を摑まれ、ぐるんと腰を浮かされた。

「やぁ……っ！」

秘部が晒されてしまう格好にもがいたものの、ほぼ真上からずんと突き込んでくるクラウスの雄芯に声もなく果てた。

奥の奥、オメガだけが持つ蜜の在処《ありか》をこじ開けるようにクラウスが挿り込んでくる。

そんな深いところを突かれたのは初めてだったから、未知の疼きによがり狂い、啜り泣いた。

半端に開いたくちびるも、真っ赤にふくらんだ胸の尖りも、ぐっしょりと濡れた性器も秘部もクラウスの視線で舐められ、急速に快感を高めていく。

ずくずくと貫いてくる太竿の衝撃に瞼の裏がちかちかしてきた。

肉洞はこれ以上ないほどにぎちぎちと彼を締めつけ、クラウスも息が荒い。

「いい、いっちゃ、いっちゃう、も、だめ、だめ、おく、きて、クラウス……！」

「ああ、一緒に」

身体を二つ折りにされた里央はずしんと真ん中に圧倒的な硬さを誇る熱杭を穿たれ、びりびりと全身を駆け抜ける絶頂感に呑み込まれながら白濁を散らした。

彼を呑み込む最奥も物欲しげにわななき、熱い精が放たれるのを待ち望んでいる。

「んん――……ッ！」

最奥で極めるのと同時に、どくりとクラウスが撃ち込んできた。

「リオ……！」

「っ、……っ」

どくどくと注ぎ込まれる精の濃さに声も出ない。クラウスがくちづけてきて、どこもかしこも彼でいっぱいだ。

長い射精はまだ続いている。彼の想いの深さを物語るかのように。

余韻を愉しむクラウスはゆるく抜き挿しを繰り返し、里央に絶頂の先にある深みを与える。

息継ぎがめちゃくちゃだ。

じんわりと尾を引く快感は指先にまで灯り、かすかに震えていた。

それでもなんとか彼に抱きつくと、息を切らしたクラウスが深く倒れ込んでくる。大きく上下する背中をさすりながら、鼻先をぐりぐりと擦り合わせる。

先に微笑んだのはどちらだろう。

まだ繋がったままですこしでも刺激を与えられたら次の波を呼んでしまいそうだ。

そのきっかけは、クラウスが摑んでいた。

里央の背中に手を差し込んで抱き起こすと膝の上に乗せ、達してもなお力を失わないそれで下からぐっと突いてくる。

「……次も……？」

「つき合ってくれるかい？　今夜はリオのすべてを食べてしまいたいぐらいだよ」

「……うん、僕も」

終わりの見えない快感はけっしてヒートのせいだけでもないだろう。

すりっと自分からも臀部《でんぶ》を押しつけると、中でクラウスの大きさが変わった気がした。

「さ、……さっきより、おおきい……」

「愛するひとを抱くと止まらないたちみたいだ。私自身初めて知ったよ」

おかしそうに言うクラウスがゆるく、だが確実に強弱をつけて動き出し、里央もまた彼の首にしがみつきながら奔放に腰を揺らめかす。

掠れた甘い声とともに。

夜明けはまだ遠い。

何度交わっても欲しい気持ちが満たされきれなかったとしても、存分に続きを与えてもらえると知っているから、里央は彼の瞳をのぞき込んだ。

蒼い瞳に映る自分の顔。

豊かな愛情と快感を知って花開いた顔がそこにある。

クラウスも、きっと同じものを里央の瞳に見いだしているはずだ。

だからふたり、くちづけ合って、終わることを恐れない快感へと溺《おぼ》れていった。

13

その年の瀬はここ数年ではめずらしいぐらいに冷え込んだ。

十二月にも入ると都心部でも二回雪が降り、空気はますます鋭く冴え渡っていく。

陽が短くなり、夜は長くなる。

クラウスと初めて過ごす年の終わりだけに里央は気合いを入れて白い息を吐きながらカフェに出勤し、手袋をはめた両手を擦り合わせながら家に戻った。

先に部屋に戻っているのはクラウスのほうが多かった。

有言実行の彼は里央ともいろいろと相談し、仁科が提案したベビーシッター業を始めたのだ。

クラウスは日頃から里央が勤めるカフェによく顔を出していた。

金髪碧眼《へきがん》の男性という存在は下町のカフェでも話題になり、親しみやすさのあるクラウスを皆が温かく迎え入れた。

そしてまだたどたどしい日本語を操る彼に誰もが競って話しかけるという構図も、里央にとって嬉しいものだった。

その中に、一歳の男児を持つ若夫婦がいた。

ふたりとも里央たちと年齢が近いことでよく言葉を交わしているうちに、『ベビーシッターさんを探してるんだけど』という話を聞きつけた。

夫妻そろって翻訳家の彼らは、我が子が無事一歳になったことで仕事を本格的に再開しようということになったらしい。

『誰かいいひといないかなあ』と考えあぐねていた若夫婦に、『とびきりお薦めのひとがいます』とクラウスを紹介したのが仁科だ。

話し上手な彼が、クラウスの穏やかさ、愛情深さを伝え、ついでに『ドイツ語も堪能なので、英才教育ができちゃいますよ』と付け加えたところ、夫妻は笑み崩れ、顔見知りであったクラウスをシッターとして招くことになったのだ。

『上手にできるだろうか』

初日こそは心配そうな顔をしていたクラウスだったが、出かけていった先の家で待っていたのは明るくてなんでも興味を示す男の子で、金の髪をしたクラウスをめずらしがり、途端に懐いたという。

一緒に歌をうたったり、添い寝をしたり、里央が持たせてやった手作りプリンを食べたりと順調なすべり出しを迎えたクラウスはすこしずつ自信をつけ、いまでは週四回その家に通っている。

子どもが昼寝をしている間は部屋を掃除し、ちょっとずつ学んでいる料理の作り置きもしているのだとか。

『ベビーシッターさんというより、有能な家政夫さんになりそうですね』

『かもしれない。ひとに尽くすのは好きだったからね。毎日新しい発見があって楽しいよ』

それに、とクラウスは楽しげな顔をしていた。

『いつか私たちの子どもにも精一杯の愛情を注いでやりたい。そのためのにいまから学ぶことは多い』

『モデルの道はいいんですか？　大原さん、まだ諦めてないようですよ。僕も……確かにあなたが大勢のひとから好かれるようになったらそわそわしてしまうけど、やり遂げられないことはないと思うし、なによりいまよりもっと世界が広がるから』

『そうだね。いつか縁があったらその道を歩むのもいいかもしれない。……でも、いまは私とリオの世界を深めていきたいな』

もちろん、里央に異論はない。

クラウスと自分の子ども。

いずれ訪れる未来を想像しながら口元をほころばせ、里央が自室の扉を開いて「ただいま」と声をかけると、ちょうどキッチンに立っていたらしいクラウスが「おかえり」と両手を広げて出迎えてくれる。

紺色のエプロンがよく似合っていた。

玄関先でぎゅっと抱き締め合い、里央の冷たい鼻先に軽くくちづけてくるクラウスが、「寒かっただろう」と髪をくしゃくしゃ撫でてくる。

「早く入りなさい。今夜はシチューにしたんだ。野菜を大きめに切ったシチュー、リオは好きだろう？」

「好きです、大好き。すぐ食べてもいいですか？」

「もちろん。手を洗っておいで」

「あ、そうだ。カフェのマスターにお歳暮のお裾分けをいただいたんです。バームクーヘン。クラウスも食べたことがあるでしょう？」

「懐かしいな。ときどきお茶の時間に出たよ。せっかくだから食事の最後にいただこう」

はいと頷き、ダッフルコートにマフラー、手袋を脱いでクロゼットに片づけ、ルームウェアに着替えると早速ベッドのすぐ横に置いたこたつに入った。

「はあ……あったかい……こたつ最高」

「だね。君の国にはこんな素晴らしいものがあるなんて。私の国の暖炉もよかったが、こたつもいい。一度入るとなかなか抜け出せないね」

せっせと食卓の準備を整えてくれるクラウスのうしろ姿を見ながら、思わず微笑んでしまう。

狭い部屋だから悩んだけれど、まだ当面はここで暮らしていきたいというクラウスの意見を取り入れ、ふたりでちいさな折り畳み式のこたつを買った。

それでますます狭くなってしまったのだが、必要なときに出し、こまめに片づけているから案外部屋は綺麗なものだ。

思いのほか家事能力に長けたクラウスが待つ部屋に帰る至福感は言葉にならない。

「さあ、用意できた。熱いうちに召し上がれ」

目の前にシチューの入った深皿と丸いパン、サラダが並べられる。

ごろごろと切ったニンジンやジャガイモ、タマネギに肉もたっぷり。

こくのあるホワイトシチューはクラウスが手間暇かけ一から作るもので、レトルトではけっして味わえない絶品だ。

「いただきます」

「私もいただこう」

正面に腰を下ろすクラウスとともに熱々のシチューを頬張り、「美味しい！」とか「よくできたみたいだ」と喜び合った。

ふわふわしたパンは店で買ってきたものだけれど、オーブンで温めてくれていたのだろう。シチューに浸して食べるとより美味しさが増す。

デザートに、切り分けたバームクーヘンが出た。皿に盛られたそれを行儀悪く手でつまんで食むと、クラウスも笑って同じふうにする。

「甘くて美味しいね」

「うん」

今日あった出来事を互いに話し合い、ともに食事をする時間がこんなにしあわせだなんて知らなかった。

毎日毎日。晴れた朝の光、白い雲、雨が降る日の水たまり、露に濡れる木々。

　訪れる夜を報せる一番星、路上に映る影。

それはクラウスと里央が育った異なる世界でも共通したものだ。

　毎日毎日自分たちを取り巻く日常をすこしずつ積み重ね、やがて確かな信頼感と揺るぎない幸福が育まれるのだろう。

「そういえば大晦日《おおみそか》……年末最後の日ですけど、仁科君と大原さんが一緒に過ごさないかって。彼らの家で鍋をつついて過ごそうよって誘われたんだけど、どうですか？」

「楽しそうだな。鍋というのはまだ一度しか食べたことがないから、他にどんな味があるのか私も知りたい。彼らにレシピを教わって、リオにも食べさせたいな」

「じゃあ、四人で一緒に年越ししましょう。テレビの年末番組を流しながら温かいお鍋をつつき合って、ビールで乾杯して、年が変わったら初詣に行くんですよ」

「はつもうで」

「近くに神社があるんです。ちいさいんだけど、ここらへんのひとに愛されてるところで。そこで神様に日頃の感謝を告げて、願いごとをするんです。クラウスはなにが望み？　って気が早いかな」

「私は、そうだな」

　シチューを食べる手をつかの間止め、クラウスは考え込む。

「ありがたくも、二度目の生を受けた。この世界で私になにができるか、毎日リオと探していきたい。君をもっと愛していきたい。いままで離れていたのが嘘だったかのように、当たり前の存在になるまで愛していきたい」

「ふふ、僕も同じです。クラウスがいてくれれば、それでいい。……それで、いつか、僕たちの子どもも」

「そうだな。君によく似た可愛い子を授かりたいな」

「僕はあなたに似た子を授かりたいです」

「だったら双子とかどうだろう」

「わ、ハードル上げますね」

他愛ないことを話せる時間がなにより楽しいのだと最近里央は思う。ともに未来を思い描けるひとがいるからだ。

愛するひとがいるだけで、こんなにも強く、しなやかに生きていけるものなのか。

迎える季節は指先までも凍えさせるだろうが、いつでもクラウスの存在が胸にあるかぎり、温もりは消えない。

けっして。

「クラウス」

「うん？」

「……キスが、欲しいです」

「いま？」

「いま」

中腰になって顔を突き出すと、おかしそうに肩を揺らすクラウスがそっと頬に触れてくる。

その温かさが今宵の熱を呼ぶと互いにわかっていて、可愛らしいキスはくちびるの上で軽やかに弾けた。

あとがき

こんにちは、またははじめまして、秀香《しゅうか》穂里《おり》です。

今回のお話は、現在と過去を夢の中で行き来する不思議ファンタジー！　です。

もともとアンティークには興味があるのですが、絵を買ったことはありません（観るだけ）。

でも、どこの家でも、絵って一枚はあるものですよね。本物でも複製画でも、なんだったらなにかのおまけでもらったポスター絵でも。

わたしの場合、リビングにモネの「睡蓮《すいれん》」の複製画を、トイレは個人的な趣味のアニメやゲーム絵のポスター、カレンダーを飾りまくっているのですが（笑）、ふとしたときに観るだけでこころが解れるんですよね。

もちろん、美術館に展示されるような大作も好き。何百年も前の絵が大切に現在に受け継がれ、その時代の息吹を感じながら鑑賞する時間は特別です。観たあと、いろいろ妄想しちゃって、当時のことをあれこれ調べたり、図録やポストカードを買って眺めたり。

文章もですが、絵も、その『時代』の空気を書きとどめておきたいひとびとによるもの、ではないかと思います。

現代美術にも興味があるので、リアルタイムで生きている画家さんの個展に足を運ぶこともあります。

古典絵画とはまるで違う手法で挑みながらも、どこかやはり脈々たる時の流れを取り込んで、「いま」の時代にアウトプットするという雰囲気が好きです。幸い、近くに美術館がいくつかあるので、気になる企画があるときは足を運び、刺激を受けています。

そんなわけで、一枚の肖像画から始まる恋物語。絵に見惚れる感覚って、あると思うんですよね。ここに描かれたひとが喋りかけてくれたらいいのにな～とよく妄想します。

それがもし、夢の中で会うことができ、話すことも可能になったら……というあたりから、今回のお話が生まれました。

最初は夢だとばかり思っていたのに、あまりにリアルで、起きたあともなぜか忘れられないことってありませんか？　わたしは結構夢を見るので、目覚めたあと、よくお布団の中で反芻しています。

ちなみに最近見た夢で衝撃的だったのは、コスプレイヤーさんの衣装作りをお手伝いすることになったんですが、ボタンとスパンコールを延々と縫い付ける作業のうえに、自分のミスでデザイン間違いをしてしまって、『もう逃げたい！』とハッと飛び起きる内容でした（笑）。

びっくりするような夢もたまに見ますが、ほんとうに不思議ですよね。出会った覚えがないひとが夢に出てきて親しくしたり、芸能人が出てきたり。

眠っている間に脳が不要な記憶を処理するもの＝夢、という解釈もあるようですが、会いたくて会いたくてたまらないひとの夢を見られたときの嬉しさは、目覚めたあともじんわり残ります。


里央《りお》は肖像画に描かれたクラウスにひと目惚れし、その夜、不思議な出会いを果たします。初回こそは夢、と思っていたのに、連日彼と出会い、だんだんと夢とは思えなくなってきて、でも結局はいつも現実で目覚めてしまう。そのことに謎と魅力を感じ、ますます惹かれていく一方。そこで助っ人になってくれるのが、現実世界のほうの仁科《にしな》コンビです。脇カプですが、このふたりも書いていてとても楽しかったです。


メインの恋物語は最後の王たるクラウスと、番である里央。このふたりがさまざまなひとと縁を繋ぎ、最後には……というところは、ぜひ本編でお楽しみくださいね。

挿絵を担当してくださった小禄《ころく》先生、ほんとうにどうもありがとうございました。以前から一度ご一緒させていただけたらいいなという夢が叶いました。

高貴で麗しい王、クラウスと、けなげで芯の強い里央をそれこそ「いまの絵」として生み出してくださったことにこころより感謝しております。

美しい表紙、口絵はもちろんのこと、モノクロ挿絵もほんとうに素敵です。とりわけ、仮面舞踏会の挿絵が大好きです……！　ミステリアスで何度も見入ってしまいました。

そして脱ぐとすごい男・クラウス。鍛え抜かれた身体に惚れ惚れし、里央も抱き締められてほっとするだろうな～と見ているこちらがにやにやしてしまいます。

お忙しい中、ご尽力くださいましたことに深く感謝申し上げます。重ね重ねほんとうにありがとうございました。

担当様。突飛な話でしたが、いつもポジティブなお言葉をかけていただけてとても嬉しく、書き上げることができました。大変お世話になりました。今後ともなにとぞよろしくお願いいたします。

そして、最後に、この本を手に取ってくださった方へ。

ファンタジーと言いつつ、ある意味異世界物？　でもある本作、夢とうつつを行き来する不思議感をすこしでも楽しんでいただければ嬉しいです。「こんなことがあったらいいな～」という想いをいつも小説にしています。

絵、あるいは写真、あるいはぬいぐるみとの対話、ぜひぜひしてみてくださいね。意外なほど、安堵する瞬間があると思います。

次に書く機会があれば、ぬいぐるみとの恋を書いてみたいです(笑)。中にひとが入っていてもいいし、ぬいぐるみに命が宿ってもいいし。

語り出すと止まらないのがわたしの悪い癖です。長くなりましたので、そろそろこのへんで。お読みくださり、ほんとうにありがとうございました。

もしよろしければ、編集部宛にご感想をお聞かせくださいね。また、ツイッターでは仕事情報や日々の細々としたことを綴っているので、そちらはおまけ（?）として、お気が向かれたらぜひアクセスしてみてください。

それでは、また次の本でも元気にお会いできますように。

今夜、枕元にこの本を置いてやってくださいね。

ツイッターアカウント：@kaori_shu

この本を読んでの
ご意見・ご感想を
お寄せ下さい。

〒151-0051
東京都渋谷区千駄ヶ谷4-9-7
(株)幻冬舎コミックス　リンクス編集部
「秀《しゅう》 香《か》穂《お》里《り》先生」係／「小《こ》禄《ろく》先生」係

リンクス ロマンス

最後の王と最愛オメガ

2021年1月31日　第1刷発行

著者……………秀《しゅう》 香《か》穂《お》里《り》
発行人…………石原正康
発行元…………株式会社　幻冬舎コミックス
〒151-0051　東京都渋谷区千駄ヶ谷4-9-7
TEL 03-5411-6431（編集）
発売元…………株式会社　幻冬舎
〒151-0051　東京都渋谷区千駄ヶ谷4-9-7
TEL 03-5411-6222（営業）
振替00120-8-767643
印刷・製本所…株式会社　光邦
検印廃止

ISBN978-4-344-84795-8 C0293
Printed in Japan

幻冬舎コミックスホームページ　https://www.gentosha-comics.net